Der Teufel ist immer dabei!

Die Geschäftsidee	2
Geschwindigkeit, Fluch oder Segen?	93
Endlich ans Meer!	105
Ein teuflischer Tänzer	117

Herstellung und Verlag:
BoD - Books on Demand, Norderstedt
ISBN 978-3-7412-1141-6

Die Geschäftsidee

Es begann in dieser Bar, oder besser gesagt Stehausschank, dem sogenannten „Löwenkäfig". Einer Kneipe im Münchner Stadtteil Giesing, in der häufig 60er-Fans verkehrten. Ein Zweifamilienhaus. Im ersten Stock bewohnte die Wirtin eine Vierzimmerwohnung. Das Erdgeschoss war in eine kleine Gaststätte umgewandelt worden. Kurz gesagt, eine runtergekommene Bude, in der nichts mehr gestrichen, oder renoviert werden musste, weil das ganze Inventar von einer natürlichen, dicken Patina überzogen war. Verschiedene Gegenstände, wie die in einer Ecke stehenden Pokale eines Fanclubs früherer Zeiten, waren durch diese inzwischen fest mit ihrer Unterlage verwachsen – praktisch unverrückbar. Aber das störte die Gäste, die hier verkehrten, nicht. Sie hatten kein Auge mehr für sowas. Ihr Drink auf der Theke war das erklärte Ziel ihrer Anwesenheit. Gestört wurde man hier eigentlich nie. Schließlich passten in den Laden maximal acht Gäste – dann war dicht. Ganz hartgesottene tranken dann ihr Bier, auch im Winter, vor der Tür im Freien.

Im schummrigen Licht der Gaststätte erkannte man kaum etwas genauer. Und das war gut so. Störende, teilweise hässliche Details an Menschen und Gegenständen wurden fast unsichtbar und waren nach einigen Getränken meist gänzlich verschwunden. Wenn allerdings die Eingangstür aufging, fiel ein Strahl Tageslicht quer durch den kleinen Raum und beleuchtete Elfi, die hinter der Theke stehende Wirtin. In solchen Momenten duckten sich ihre Gäste meistens scheu zur Seite. Tageslicht war nicht so das ihre. Außerdem wollten sie sicher nicht, dass ihr Dasein zu sehr beleuchtet wurde.

„Tür zu",

rief dann Elfi regelmäßig, in Rücksicht auf ihr Klientel, den Neuankömmlingen entgegen.

Q

Die Tür flog wieder einmal auf. Die Zecher gingen in bekannter Manier in Deckung, während Elfi interessiert dem Eintretenden entgegensah und wie immer zurief,

„Tür zu"!

Ein kräftiger Mann hatte den Raum betreten. Er blieb einen Moment stehen um sich im Halbdunkel zu orientieren. Dann steuerte er auf den einzigen noch freien Barhocker zu und setzte sich. Obwohl es erst Ende März und noch relativ kalt war trug er lediglich ein kurzärmeliges Hemd. Seine muskulösen Arme, ja selbst sein Glatzkopf waren über und über mit Tattoos verziert. Beeindruckend.

Elfi positionierte sich mit ihrem leidlichen Aussehen vor dem Neuankömmling. Sie war nicht hässlich stellte dieser für sich fest. Allerdings hatte ihr ehemals sicherlich hübsches Gesicht einige tiefe Falten. Ihre roten nach oben zusammengesteckten Haare wirkten etwas unordentlich. Dann noch der Busen. Er pendelte irgendwie schlaff unter ihrer Bluse hin und her. Eine enganliegende rote Hose betonte ihre schlanke, ganz passable Figur und machte so vom bisher gewonnenen Eindruck wieder etwas wett.

„Was soll's denn sein"?

„Ein großes Bier".

Elfi nickte und schlingerte mit ihrer roten, engen Hose auf den Zapfhahn zu.

„Haste mal ´nen Tschik für mich du wandelndes Kunstwerk"?

Bobo, so nannte sich der Neue, wandte sich langsam seinem Nachbarn zur Rechten, der ihn so angesprochen hatte, zu. Er nahm einen hageren Mann, mit zotteligen, blonden Haaren wahr. Irgend so ein Freak ging es ihm durch den Kopf. Wo bin ich hier nur gelandet?

„Irgendwelche Probleme?",

fragte er gelangweilt nach, während Elfi ihm sein Bier über den Tresen schob.

„Wenn jemand so viel Geld ausgibt um sich mit einer Nadel bearbeiten zu lassen, wird er doch eine Zigarette übrighaben".

Bevor Bobo antworten konnte hielt Elfi seinem Nachbarn ihre Zigarettenschachtel entgegen.

„Tschik, jetzt nimm dir eine und lass den Herrn zufrieden".

„Ist doch wahr",

meinte der so angesprochene, leicht in Rage kommend,

„der hat bestimmt einige Mille auf den Tisch gelegt um sich so zuzurichten. Aber eine Lulle, Fehlanzeige".

Bobo hatte seine Stirn in Falten gelegt während er nach seinem Glas griff und sagte,

„halt endlich deine Fresse, du langhaarige, unappetitliche Bohnenstange. Ich will lediglich in Ruhe ein Bier trinken und mich nicht von irgendeinem Blödmann anmachen lassen. Kapiert"?

Elfi wollte gerade schlichtend eingreifen, aber es war schon zu spät. Mit einer Geschwindigkeit, die man dem vermeintlich menschlichen Wrack nicht zugetraut hätte, war Tschik aufgesprungen und rammte seine faltige Stirn in den Bauch seines Kontrahenten. Doch er prallte von diesem ab, als ob er gegen eine Mauer gelaufen wäre. Dafür hatte ihn Bobo nun in den Schwitzkasten genommen und wollte ihm gerade einen Uppercut in den Unterleib rammen. Doch sein zum Schlag bereiter Arm wurde von Elfi gestoppt, die sich fast schon heldenhaft über den Tresen zwischen die zwei Streithähne stürzte. Bobo konnte sie gerade noch mit seinen starken Armen auffangen bevor sie auf den Boden gestürzt wäre. Tschik brachte sich erstmal nach Atem ringend aus der Schusslinie, während Elfi immer noch in Bobos Armen ruhte. Einen Moment schien es, als ob beide gar nicht mehr voneinander lassen wollten. Die vier weiteren im Raum befindlichen Trinker schienen von all dem keine Kenntnis zu nehmen. Lediglich einer von ihnen zeigte eine Regung, indem er ein weiteres Bier reklamierte. Dies veranlasste Elfi sich aus dem starken Griff ihres neuen Bekannten zu lösen und wieder ihren Platz hinter der Theke einzunehmen.

„Wir sind wohl alle etwas dünnhäutig? Woran mag das denn liegen? Unsere Vergangenheit? Unsere Zukunft? Oder die harte Gegenwart? Wahrscheinlich von allem etwas. Mit dem was ihr gerade hier abgeliefert habt, ändern wir nichts. Oder seht ihr das anders"?

Betroffen hatten Bobo und Tschik, wieder auf ihren Hockern sitzend, Elfis Predigt zugehört. Trotzdem muckte Tschik nun wieder auf,

„haben wir denn überhaupt eine Chance? Ich bin jetzt 38 Jahre alt, war 10 Jahre im Knast, wegen lauter Lappalien. Was kann ich schon? Ein bisschen Autoschrauben, weil ich mal eine Automechanikerlehre begonnen habe. Ich weiß nicht, wie es um dich mit deinem bunten Fell steht, aber für mich ist der Zug abgefahren. Und Elfi hier, wird in diesem Loch wohl auch nie auf einen grünen Zweig kommen".

„Jetzt wird der Typ schon wieder frech, ich glaube ich muss dich mal richtig durchdreschen"!

„Lass mal",

sprang wieder Elfi für Tschik in die Bresche,

„irgendwie hat er doch recht. Oder"?

„Mag ja sein, dass wir alle unsere Probleme haben, aber um die soll sich gefälligst jeder selbst kümmern. Außerdem, wie steht's hier eigentlich mit dem Rauchverbot"?

Bobo war sichtlich sauer, das hörte man ihm an.

„Gequalmt wurde hier immer schon. Die Bullen interessieren sich nicht für uns. Was haltet ihr davon, wenn ich einen ausgebe und wir alle ab sofort ganz brav zueinander sind"?

Bobo nickte zustimmend, während sich Tschik noch etwas zierte aber dann doch nach dem von Elfi spendiertem Kurzen und dem Bier griff.

„Also ich bin Elfi, Freunde nennen mich Latex, weil ich früher GOGO-Girl war und hauptsächlich solche Klamotten trug. Tschik, so genannt weil er immer die Leute nach etwas zu qualmen anhaut, hast du ja schon kennengelernt. Und wer bist du"?

„Heiße eigentlich Werner, aber seit eh und je nennt man mich Bobo, wahrscheinlich weil ich etwas südländisch ausschaue und normalerweise ein gemütlicher Typ bin".

„Und was treibt ein Bobo so"?

Latex wollte es mal wieder genau wissen.

„Ganz schön neugierig. Aber was soll's! War mal Ringer, dann Berufscatcher. Nach etlichen Verletzungen wurde ich Möbelpacker. Aber mit dem Geld das man da verdient wird man nicht glücklich. Die schiefe Bahn war praktisch die logische Folge. Bin vor einer Woche aus dem Knast entlassen worden und gerade dabei mein Entlassungsgeld auf den Kopf zu hauen. Acht Jahre habe ich insgesamt schon gesessen – hauptsächlich fortgesetzte Heiratsschwindelei. Dabei haben es mir die Damen immer sehr leicht gemacht".

„Da bist du hier ja in guter Gesellschaft. Tschik 10 Jahre, ich 5 Jahre. Dies zu deinem Trost, bevor du hier noch einen Moralischen kriegst und uns dein ganzes Leben erzählst".

Elfi konnte sich ein Grinsen nicht verkneifen und Tschik schaute schon viel freundlicher und entspannter vor sich hin.

„Und nun? Hast wenigstens du eine Idee, wie man zu ein paar Kröten kommt, damit man mal ohne Sorgen aus dem Bett kriechen kann"?

„Vielleicht sollten wir gemeinsam was aufziehen. Bei uns weiß wenigstens jeder wie er mit dem anderen dran ist".

„Gute Idee Latex, aber was können wir drei schon? Ich Möbelpacker, der da irgendwas mit Autos und du Besitzerin einer Kneipe. Dann wäre da noch die Kleinigkeit mit dem Startkapital".

Bobo schüttelte den Kopf. Tschik nickte zustimmend. Doch Elfi ließ nicht locker. Irgendwie hatte sie das Gefühl, dass am heutigen Tage irgendeine Wende in ihrem Leben eintreten müsste.

„Passt mal auf! Die Leute werden immer älter und sind häufig auf Hilfe angewiesen. Ihr braucht doch nur in die Zeitung zu schauen, da gibt es nichts, was nicht nachgefragt wird. Vom Umzug bis zum Brötchenholen. Alles was man dazu braucht ist ein Kleintransporter und ein Telefon. Bobo wäre der Mann für die schwereren Klamotten, während Tschik an dem Auto schrauben könnte, falls das Zicken macht. Ich hänge mich ans Telefon und mache das Kaufmännische".

„Fehlt uns nur das Startkapital. Bei mir ist jedenfalls Ebbe. Vielleicht kann uns ja unser neuer Freund unter die Arme greifen"?

Tschik schaute herausfordernd Bobo an. Ganz hatte er das mit dem Schwitzkasten jedenfalls noch nicht verdaut. Auch Latex musterte jetzt interessiert den neuen Gast.

„Wieviel brauchen wir denn",

fragte dieser in die Runde.

„Für einen guten gebrauchten Kleintransporter so 10 bis 15 Mille. Dann kommt noch die Beschriftung dazu und natürlich Kosten für Werbung",

antwortete Tschik.

„Das müssten wir doch schaffen",

grübelte Bobo.

„Meine ich auch",

stimmte ihm Elfi zu.

„Ich spendiere noch ein Bier und ihr überlegt euch inzwischen wo die Mäuse herkommen".

Die frischen Biere waren noch nicht zur Hälfte getrunken, da legte Tschik, sich nach allen Seiten umschauend, leise redend los.

„Wenn ich zwei Autos auf Bestellung knacke und abliefere sind das vier Große. Ich wollte zwar sauber bleiben, doch bei der Geschichte möchte ich schon dabei sein. Außerdem ohne risk no fun"!

„Habe mich drei Tage nach meiner Entlassung aus dem Bau mit meiner letzten Brieffreundin getroffen. Hat sofort gefunkt. Die wollte mich gar nicht mehr aus dem Bett lassen. Eine Zahnarztwitwe. 10 Mille pumpt die mir sicher, wenn ich ihr erzähle, dass ich mich an einem Geschäft beteiligen will".

„Super, dann könnt ihr mein Sparbuch noch dazu nehmen. Meine Notgroschen dürften so ungefähr dreitausend bringen. Wären zusammen 17.000. Das müsste doch reichen, oder"?

Bobo und Tschik nickten Elfi zu.

„Dann schlagt mal ein",

meinte die Wirtin und hielt den neuen Geschäftspartnern ihre rechte Hand entgegen. Die taten etwas verdattert ihr den Gefallen. Der Pakt war besiegelt.

Q

Nach etlichen Tagen und Bieren, stand so etwas wie ein Konzept. Inhaberin des neuen Unternehmens war Latex. Sie hatte seit längerer Zeit eine saubere Weste und würde bei der Anmeldung eines Gewerbes keine Probleme bekommen. Tschik und Bobo waren folglich Mitarbeiter und stille Teilhaber.

Nach einer Woche im Bett der Zahnarztwitwe floss schließlich auch deren Kredit. Tschik hatte seinen Teil derweil längst erledigt. Zwei Audi Q 5 hatten ihren Besitzer gewechselt.

Über den Firmennamen gab es dann noch einige Diskussionen. Tschik schlug vor: Mit uns geht alles. Elfi zeigte ihm dafür den Vogel. Tschik war beleidigt, aber das legte sich bald. Das: Sie rufen, wir kommen, von Bobo fand auch keinen großen Anklang.

Schließlich war man sich einig. Ihre Firma sollte: Be- und Entsorgungen jeglicher Art, heißen.

Tschik besorgte für 8.900 Euro einen 11 Jahre alten Ford-Transit mit zwei Jahren TÜV. Er hatte ein paar Dellen und unter dem leicht verblassten roten Lack waren einige Roststellen zu erkennen.

„Aber technisch ist die Karre einwandfrei",

beteuerte er.

Flyer auf denen jede Dienstleistung angeboten wurde, die man sich vorstellen konnte, waren schnell erstellt. Die Verteilung lief in ihrem Viertel über einen Prospektverteiler, der sich gerne ein Zubrot verdiente.

Rote Overalls mit Firmenaufschrift waren für alle drei Teilhaber angeschafft. Nun fehlte nur noch der erste Auftrag.

Das Telefon klingelte. Elfi nahm erwartungsvoll den Hörer ab.

„Ach du bist es",

hörten sie Latex sagen,

„Tiger, so eine Freude, wie geht es dir"?

Das Gespräch zwischen Elfi und ihrer Freundin dauerte noch einige Zeit. Schließlich vereinbarte man ein Treffen im Löwenkäfig.

„Das war Lilly, meine beste Freundin. Sie will uns demnächst mal besuchen. Wird sicher Spaß machen".

„Kann ich mir vorstellen, ich habe sie ja schon kennengelernt",

stellte Tschik fest.

Q

Es war der dritte Tag nach offizieller Geschäftseröffnung. Tschik, Latex und Bobo saßen an der Theke, welche als vorübergehendes Büro diente. Elfi wollte solange ihre Kneipe nebenbei betreiben, bis ihr gemeinsames Geschäft richtig brummte. Den Männern war dies recht, denn die Drinks liefen ab sofort auf Spesen. Gespannt schielten sie immer wieder zum Telefon, welches vor ihnen auf dem Tresen stand. Endlich war es soweit. Das Telefon klingelte. Latex nahm das Gespräch an, nickte mehrmals und machte sich ein paar Notizen, bis sie

„in Ordnung",

sagte.

„Und",

fragte Tschik gespannt.

„Darfst unseren ersten Auftrag erledigen. Hier ist die Adresse einer alten Dame, für die du etwas aus der Apotheke besorgen musst. Verlange nur fünf Euro für die Besorgung. Schließlich wollen wir zu Beginn für unseren Laden werben".

„Ist OK, aber bis ich zurück bin hat Bobo mehr als den Fünfer verzecht",

meinte er grinsend, während er sich vom Barhocker schwang.

„Sehr wahrscheinlich, so langsam wie du dich bewegst".

Tschik brauchte tatsächlich mehr als zwei Stunden. Dafür präsentierte er stolz beim Betreten des Löwenkäfigs den Fünfer.

„Unsere erste Einnahme. Hat etwas länger gedauert. Die Dame hat mich in die Wohnung gebeten. Ich musste Kaffee trinken und Kuchen essen. Dann gab's noch einen Likör. Ich wollte nicht unhöflich sein. Jedenfalls konnte ich ihr unser ganzes Geschäftsmodell erklären. Sie hat versprochen unsere Kundin zu bleiben und auch ihren Bekannten bescheid zu sagen".

„Hast du gut gemacht",

lobte ihn Elfi und schnappte sich den Fünfer.

„Nur, wenn Tschik immer so lang braucht, können wir uns ausrechnen, was wir pro Tag Umsatz machen".

„Klar, dass du wieder ein Haar in der Suppe findest",

maulte Tschik beleidigt vor sich hin.

An diesem Tag hatten sie dann noch zwei Aufträge.

Zwei Pudel einer kranken älteren Dame mussten ausgeführt werden. Tschik übernahm den Fall. Dass ihn bei diesem Auftrag einer der Hunde an das Hosenbein pinkelte, während er sich eine Zigarette anzündete, ließ ihn anschließend übel maulend und stinksauer den Löwenkäfig betreten. Mit einem Bier und Elfis Erklärung, dass dies eben Geschäftsrisiko wäre, waren die Wogen aber schnell wieder geglättet. Bobo holte schließlich mit dem Kleintransporter, von einem Supermarkt, eine türkische Familie samt ihrem Großeinkauf ab.

„Immerhin schon mal 35 Euro in der Kasse",

stellte Latex am Abend stolz fest,

„aber das wird sicher noch viel besser, wenn wir erstmal richtig bekannt sind".

Q

Doch es ging in diesem Stil weiter. Ein Tag war besser, ein anderer schlechter. Die entscheidende Wende war aber auch noch nicht nach drei Monaten eingetreten. Nachdenklich schauten Elfis Teilhaber auf ihre Bierdeckel, die gleichzeitig ihre Spesenabrechnung darstellten. Geld hatten sie bisher nicht gesehen. Aber jeden Tag Bockwurst oder Wiener, die zwar bei Latex nicht schlecht waren und Bier, konnte es auf die Dauer nicht sein. Tschik hatte sich momentan mit seinem Schicksal mehr oder weniger abgefunden, war er doch bisher auch nichts Besseres gewöhnt. Doch der starke Bobo wurde zusehends blasser und nachdenklicher. Kein Wunder. Seine Kreditgeberin fragte immer häufiger nach der Rückzahlung ihres Geldes. Nur durch immer größere körperliche Anstrengungen konnte Bobo die Zahnarztwitwe zum

Stillhalten bewegen. Das ging ihm wie er sagte nach und nach im wahrsten Sinne des Wortes auf den Sack.

„Irgendwann muss ich mich absetzen",

kündigte er deshalb eines Tages resignierend an.

„Was machen wir bloß falsch",

sinnierte Elfi.

Aufgehellt wurde diese triste Zeit nur durch einen Besuch von Lilly. Die hatte drei Kolleginnen mitgebracht. So wie die drauf waren und rangingen, machte selbst Heiratsschwindler Bobo ganz verlegen. Kein Wunder alle vier Damen waren sogenannte Professionelle und wussten wie man sich in Herrengesellschaft zu benehmen hatte. Jedenfalls war es eine schöne Abwechslung, für die man dem Besuch dankbar war. Das Treffen verlief so harmonisch, dass man es auf jeden Fall wiederholen wollte.

Q

Die Tage gingen ins Land und die Probleme wurden nicht kleiner sondern größer. Nur mit Mühe konnten Latex und Tschik Bobo zum weiteren Mitmachen bewegen. Doch sie wussten, lange würde dieser nicht mehr durchhalten. Die Witwe machte ihn einfach fertig.

In dieser depressiven Phase klingelte eines späten Abends das Telefon. Elfi wollte erst gar nicht drangehen.

„Nach 22.00 Uhr, wer kann das wohl sein? Na ja, vielleicht Lilly",

meinte sie, zum Hörer greifend.

Bobo und Tschik widmeten sich, wie immer um diese Zeit, ihrem Bier. Deshalb bekamen sie von dem Telefonat so gut wie nichts mit. Erst Elfis Bericht über das geführte Gespräch ließ sie schlagartig hellwach werden.

„Stellt euch vor 10 Mille für einen Job. Der Haken an der Sache. Das Geschäft ist wohl nicht ganz hasenrein. Der Kunde berief sich ausdrücklich auf unser Geschäftslogo „Be- und Entsorgungen". In seinem Falle ging es wohl um Entsorgung. Mehr hat er nicht verraten, nur gefragt ob wir grundsätzlich interessiert wären. Nebenbei ließ er verlauten, dass er über unsere finanzielle Situation informiert wäre. Außerdem könnte er schon heute Folgeaufträge zusichern, wenn wir den ersten zu seiner Zufriedenheit erledigt hätten. Ach ja, er will sich wieder melden".

„Für 10 Große mache ich alles. Hauptsache ich kann mich schnellstmöglich von meiner sexbesessenen Kreditgeberin befreien",

meinte Bobo. Tschik setzte noch eins drauf.

„Du hast doch was von Folgeaufträgen erzählt. Wie wär's denn mit 10 mal 10"?

Latex trat nun auf die Bremse.

„Jeden Scheiß mache ich garantiert nicht mit. Der Typ am Telefon klang schon ein bisschen nach Mafia. Ich habe jetzt noch eine leichte Gänsehaut. Mal sehen, was er uns vorschlägt, dann können wir uns immer noch die Köpfe heiß reden".

Der zweite Anruf des Unbekannten ließ allerdings auf sich warten. Bobo wurde inzwischen von seiner Liebschaft mehr und mehr unter Druck gesetzt. Das bisschen Geld, was ihr

Geschäft derzeit abwarf, ging für Blumen und Pralinen für Frau Nimmersatt drauf. Tschik und Elfi waren mit diesem Vorgehen einverstanden. Schließlich war dies eine unternehmenserhaltende Investition.

Q

Dann endlich. Eineinhalb Wochen später, wieder gegen 22.00 Uhr, der ersehnte Anruf.

Elfi nahm den Hörer ab. Nickte mehrmals bestätigend, während sie sich einige Notizen auf einem Notizzettel machte. Schließlich sagte sie,

„gut bis nachher"

und beendete das Gespräch. Nachdenklich schaute sie dann eine Weile vor sich hin, während es Bobo und Tschik vor Neugier fast zerriss. Endlich blickte sie in deren Richtung, schüttelte ihren Kopf und meinte,

„haben wohl wieder eine Niete gezogen. Tut mir leid Jungs, wenn ich euch mit in dieses Geschäft hineingezogen habe. Als Wiedergutmachung streiche ich eure Schulden bei mir. Ab sofort habt ihr wieder einen sauberen Deckel. Wenn wir das Auto verkaufen, kommen wir noch einigermaßen cool aus dieser Unternehmung heraus. OK"?

Bobo hob beschwichtigend seine Arme.

„Jetzt mal halblang Latex. Zuerst wollen wir schon hören, was der Typ am Telefon dir angeboten hat".

„Meine ich auch",

stimmte ihm Tschik aufgeregt zu.

„Nun gut",

Elfi holte erst mal tief Luft.

„Wir alle waren schon mehrmals im Knast. Mit krummen Dingern macht uns keiner was vor. Was mir gerade angeboten wurde ist bestimmt eine von den ganz schrägen Nummern. Deswegen, Finger weg! Oder wollt ihr wieder einfahren"?

„Nun sag schon! Vom darüber reden sperren sie uns nicht gleich wieder ein",

Bobo wurde sichtlich ungeduldig.

„Genau",

meinte auch Tschik,

„bis jetzt sind wir absolut sauber".

Latex lachte laut auf.

„Klar, wenn Bobo's Witwe ihn nicht drankriegt und du die geklauten Autos zurückbringst. Also groß auffallen sollten wir nicht. Oder"?

„Andersrum! Soll ich vielleicht bis an mein Lebensende diesen Drachen beschlafen und unser Freund hier weiter Autos knacken müssen? Erzähl endlich, vielleicht ist es ja doch eine Chance um unserem Elend zu entfliehen"!

„Ihr wollt es anscheinend nicht anders. Unsere genauen Anweisungen bekommen wir per Post. Ich weiß nur so viel, dass wir aus einer Wohnung einen schweren Schrankkoffer, in welchem sich Dokumente befinden, abholen und entsorgen sollen. Eine Anzahlung liegt auf diesem. Den Rest erhalten wir nach Erledigung. Das alles läuft anonym. So wurde mir jedenfalls gesagt. In einer Stunde will unser Auftraggeber nochmal anrufen und fragen ob wir dabei sind".

„Und",

fragte Tschik,

„ist doch ein ganz normaler Auftrag".

Latex tippte sich an ihre krausgezogene Stirn.

„10 Mille für das abholen und verschwinden lassen eines Koffers. Wenn das normal ist! Hört sich verdammt nach Mafia, Leiche oder sonst was an".

„Egal was in dem Koffer ist, wir ziehen das durch. Falls was krumm läuft, können wir immer noch behaupten nicht gewusst zu haben, was wir transportieren. Das stimmt ja sogar. Die 10 Riesen lassen wir nicht sausen, auch wenn ich den Koffer alleine abholen muss",

warf sich Bobo in die Brust. Anscheinend machte ihm die Zahnarztwitwe mehr zu schaffen als es sich Tschik und Elfi vorgestellt hatten.

„Genau",

ließ sich Tschik fast schon begeistert hören,

„wir ziehen das durch".

„Dann bin ich wohl überstimmt. Mitgegangen, mitgehangen, so heißt es doch wohl".

Elfi servierte eine Runde Bier, während die drei das Telefon nicht aus den Augen ließen.

Die Sekunden und Minuten rannen dahin. Das dritte Bier war bereits in Angriff genommen. Endlich!

„Schön, dass sie dabei sind. Aber sie konnten sicher schon anhand der Entlohnung erkennen, dass es sich um einen äußerst delikaten Auftrag handelt, der absolut vertrauensvoll ausgeführt werden muss. Irgendwelche Fehlleistungen ihrerseits müssten wir mit aller Härte sanktionieren. Habe ich mich deutlich genug ausgedrückt? Morgen, im Laufe des Vormittags, finden sie die nötigen Instruktionen in ihrem Briefkasten. Ende".

Elfi hatte sich den kurzen Monolog angehört. Das Telefonat war beendet, das Geschäft besiegelt. Fragen konnte sie nichts mehr. Ein kurzer Bericht an ihre Kumpane folgte. Ein viertes Bier wurde eingeschenkt.

„Alsdann, lasst uns die 10 Mille schnappen"!

Tschik prostete seinen zwei Geschäftspartnern zu.

Q

Tschik saß am Steuer und sog sichtlich nervös an seiner Kippe, als die drei Geschäftspartner mit ihrem Lieferwagen die große Auffahrt zu einer der herrschaftlichen Villen in Grünwald hinauffuhren. Das schmiedeeiserne Tor war passiert, der von zwei Säulen flankierte Eingang des Hauses erreicht.

„Haus Nummer 25, das stimmt schon mal. Ich steige nur schnell aus und checke den Namen. Wenn der, wie im Brief beschrieben auch richtig ist, können wir loslegen".

Elfi schwang ihre latexbedeckten Beine vom Beifahrersitz hinaus ins Freie.

„Habt ihr alle eure Gummihandschuhe angezogen? Unsere Fingerabdrücke sind ja wohl bekannt. Man kann nie wissen"!

Bobo und Tschik nickten bestätigend.

Es war, wie vereinbart, Punkt 22.00 Uhr. Ein leichter Nieselregen hatte eingesetzt. Das war gut so, dachte sich Bobo. Der ließ die Konturen der Umgebung in der einbrechenden Nacht noch etwas undeutlicher werden und dämmte die Geräusche, die sie verursachten. Der nach oben zeigende Daumen Elfis rechter Hand signalisierte Tschik und Bobo, dass die Luft rein war. Schnell hatten auch sie den Wagen verlassen und schlossen gleich darauf, mit dem Schlüssel, den sie im Kuvert mit dem Auftragsschreiben fanden, die schwere Eichentür des Gebäudes auf. Durch das Foyer erreichten sie eine breite, massive Steintreppe die sie in den ersten Stock führte. Laut Beschreibung sollte der zu entsorgende Gegenstand den breiten, düsteren Gang hinunter, im zweiten Raum rechts stehen. Auf Licht verzichteten sie, obwohl es sie leicht gruselte. Schließlich waren sie Profis.

„Bisher stimmen alle Informationen. Schauen wir mal, was uns in dem beschriebenen Zimmer erwartet",

flüsterte Elfi, während sie die Tür öffnete. Bobo und Tschik drängten sich gespannt hinter ihr im Türrahmen.

„Das muss es sein",

Latex deutete auf einen großen Schrankkoffer der in der Mitte des Raumes auf dem Boden stand. Auf ihm lag ein Kuvert, welches sofort von Bobo geöffnet wurde.

„Perfekt! Die versprochene Anzahlung, 5000 Euro",

stellte er zufrieden fest,

„jetzt lasst uns hier schnell verschwinden und unseren Teil der Abmachung einhalten. Tschik, fass mal mit an".

Gemeinsam hievten sie den riesigen, sehr stabilen Koffer aus der Wohnung und schließlich in den Laderaum des Wagens.

Tschik zitterte vor Anstrengung am ganzen Körper.

„Verdammt schwer, dieses Teil. Wer weiß, was da drin ist".

„Besser wir wissen gar nichts. Lasst uns endlich abhauen".

Latex schlug die hintere Tür des Lieferwagens zu.

Sie warfen noch einen kurzen, scheuen Blick zurück zum Haus, doch das lag vor ihnen im Dunkeln als ob es schlief. Ihre Aktion war bis hierher erfolgreich verlaufen, vor neugierigen Augen und Ohren unbemerkt geblieben.

Tschik gab Gas, nachdem sie das Einfahrtstor passiert und die Straße wieder erreicht hatten.

Elfi nestelte einen Plan aus ihrer Handtasche, auf dem eine Großbaustelle eingezeichnet war.

„Den Weg dorthin kennst du ja"?

Tschik nickte.

„Wenn wir durch die Baustelleneinfahrt gefahren sind, den Weg nach rechts nehmen, dann kommt nach ungefähr 100 Meter der große Schacht, der morgen früh mit Beton ausgegossen wird".

Tschik nickte abermals.

Endlich waren sie so weit. Das Gelände war nur spärlich mit einigen Notlampen beleuchtet, die Sicht dementsprechend schlecht. Plötzlich trat ihr Fahrer auf die Bremse.

„Da ist es, direkt vor uns".

Latex verglich nochmal den Standort mit ihrem Plan.

„Stimmt, jetzt rein mit dem Koffer in dieses Loch und dann nichts wie weg"!

Eifrig verließen die drei das Führerhaus. Nach Öffnen der Laderaumtür war der Koffer in der Dunkelheit erst gar nicht zu sehen. Bobo sprang auf die Ladefläche um ihre Fracht Richtung Eingang zu schieben. Plötzlich stieß er einen unterdrückten Schrei aus.

„Was ist los"?,

fragte Tschik.

„Der, der, der Kofferdeckel hat sich bewegt, als ich meine Hand drauflegte",

kam es gequält aus dem Laderauminneren.

„Wart' mal"!

Tschik sprang seinem Kollegen zur Unterstützung auf die Ladefläche bei.

„Ich glaube ich spinne, du hast recht! Los machen wir das Ding auf, wird schon kein wildes Tier drin sein".

Elfi verfolgte, leicht durchnässt, mit Grauen und einer Gänsehaut vor dem Wagen die Szene. Dem Werkzeugkasten entnahm Tschik ein Stemmeisen mit welchem er spielend die Kofferschlösser öffnete. Langsam, auf alle Möglichkeiten vorbereitet hob er den Deckel an. Bobo hielt sich indessen mit etwas Abstand im Hintergrund. Ihm war anzusehen, dass ihm das Ganze nicht geheuer war.

„Was ist nun",

rief Latex von draußen, fast schon panisch.

„Eine Frau, eine Frau",

stotterte Tschik.

Es war schließlich eine alte Frau, die sie aus dem Koffer bargen. Sie schien in einem Tiefschlaf, bewegte sich aber ununterbrochen. Das war wohl ihr Glück. Sonst wäre sie nicht bemerkt worden.

„So läuft der Hase also! Die wollten uns eine Leiche bei Seite schaffen lassen. Nur die vermeintliche Leiche lebt noch. Und nun"?

„Ganz einfach",

meldete sich Elfi zu Wort,

„wir schmeißen den Koffer in den Schacht und nehmen die alte Dame mit. Unseren Auftrag haben wir damit erledigt und keine Straftat begangen. Später kassieren wir den Rest unserer Kohle und lassen die alte Dame machen was sie will. Die wird uns alles versprechen, was wir wollen. Auch, dass sie uns nie gesehen hat. Inzwischen quartieren wir sie bei mir in der Wohnung über dem Löwenkäfig ein".

Die alte Dame, nur mit einem Nachthemd bekleidet, immer noch schlafend, war schnell ins Führerhaus gesetzt, der Koffer im Bauschacht verschwunden. Mit Vollgas ging es zurück zu ihrer Kneipe. Bobo machte es keine Mühe, die schlanke Person auf seinen starken Armen, in den ersten Stock, in Elfis Schlafzimmer zu tragen und ins Bett zu legen.

„Und jetzt?",

fragte Tschik seine zwei Geschäftspartner, die mit ihm vor dem unerwarteten Herbergsgast standen und beobachteten wie dieser mit gleichmäßigen Atemzügen schlief.

„Die müssen der guten Frau eine ganz schöne Dosis an Schlafmitteln verpasst haben, sonst hätte die das alles nicht so weggesteckt. Wir müssen sehen was sie von sich gibt, wenn sie aufwacht. Doch das dauert sicher noch eine Weile. Lasst uns erstmal nach unten gehen. Auf den Schreck brauche ich einen Drink. Ihr doch sicher auch"?

Die zwei Männer waren sofort Elfis Meinung und begaben sich mit ihr nach unten in die um diese Zeit leere Kneipe.

Vor ihrem Bier sitzend analysierte dann Bobo die Situation.

„Wir sollten also diese alte, noch lebende, Dame entsorgen. Für 10 Mille. Außerdem hat man uns Folgeaufträge zugesagt. Das heißt, dies war kein Einzelfall. Dahinter steckt eine ganz böse Organisation, die über uns ihre Spuren verwischen will. So weit, so gut. Wir lassen also unseren Gast unbeschadet frei, schließlich sind wir keine Mörder, nachdem wir die restlichen 5 Mille kassiert haben. Die Preisfrage ist, was passiert danach? Wollen die Gangster wenn sie das spitz kriegen nur ihre Kohle zurück, oder legen sie uns gleich um"?

„Wahrscheinlich beides",

meinte Tschik und setzte aggressiv nach,

„wir können denen ja unser laufendes Kunstwerk, Bobo, als Ersatz anbieten. Mit dessen Auftauchen fing doch die ganze Kacke erst an"!

„Wenn du dämlicher Typ nicht dauernd qualmen müsstest, hätten wir uns gar nicht kennengelernt. Und wenn du nicht umgehend dein freches Maul hältst, haue ich dich unangespitzt in den Boden".

„Was ist denn hier los"?,

fragte eine feste Frauenstimme vom Privateingang, der zur Wohnung führte,

„oder besser gesagt wie bin ich hierhergekommen? Kann mir das jemand erklären"?

Die kleine, aber energische alte Dame näherte sich ihnen, immer noch nur mit einem Nachthemd bekleidet, anscheinend ohne jede Furcht und setzte sich zu ihnen an die Theke. Eine unheimliche, ja gespenstische Szene. Tschik war ganz blass geworden und saß mit offenem Mund auf seinem Barhocker. Als erste fing sich Elfi wieder.

„Warten sie einen Augenblick, ich hole ihnen schnell einen Morgenmantel. Dann gebe ich ihnen etwas zu trinken".

Ihr Gast nickte stumm. Bobo und Tschik verharrten noch immer in Schockstarre.

Der übergestreifte Morgenmantel und ein Glas Rotwein förderten dann schnell ein sich gegenseitiges Kennenlernen und Vertrauen. Nach einer halben Stunde sahen alle Anwesenden schon etwas klarer. Allerdings nur etwas. Was die Sorgen der drei Unternehmer aber nicht kleiner machte. Im Gegenteil!

Das Telefon klingelte.

„Ich gehe davon aus, dass sie ihren Auftrag wie besprochen erledigt haben. Den zweiten Teil ihres Lohnes finden sie morgen im Briefkasten".

Bevor Elfi etwas sagen konnte, hatte der Anrufer aufgelegt. Sie nickte ihren Kumpanen nur zu. Einen Kommentar sparte sie sich, da sie nicht alleine waren. Alles musste die alte Dame auch nicht wissen.

Drei Schoppen später war ihr unfreiwilliger Gast so weichgekocht, dass sich langsam ein plausibles Bild ergab, welches ihre missliche Situation erklären konnte.

Emma Nordhoff, war eine 79 jährige, schwerreiche Unternehmerwitwe, die mit einer jungen Hausgehilfin in der Villa lebte, aus der sie in einen Koffer verpackt, abgeholt wurde. Zweifellos hatte jemand ein Interesse daran sie loszuwerden. Schnell kristalisierte sich heraus, dass der einzige Profiteur ihres Verschwindens, ihr Neffe und somit Alleinerbe, Max Oberberg, wäre.

„Aber wer verbrachte sie in den Koffer",

fragte Bobo nach.

„Ich weiß auch nicht. Max ist jedenfalls derzeit auf einer Geschäftsreise in Singapur".

„Gut, was ist das letzte, woran sie sich erinnern können",

forschte nun Tschik nach.

„Ich war zu Bett gegangen. Mein guter Geist Erna brachte mir wie immer ein Glas warme Milch. Für den Rest des Abends gab ich ihr frei. Danach schlief ich ein. Sonst weiß ich nichts".

Latex zog die Stirn kraus.

„Ist es möglich, dass sich Erna und Max gut verstanden"?

„Wenn sie mich so fragen. In letzter Zeit ist er tatsächlich recht vertraut mit ihr gewesen. Meinen sie vielleicht"?

Elfi nickte.

„Die Möglichkeit besteht schon, dass Erna ihnen in Max Auftrag etwas in die Milch getan hat. Wissen sie, mit KO-Tropfen kenne ich mich aus. Nur wer packte sie in den Koffer? Das Dienstmädchen alleine wahrscheinlich nicht. Aber da sind ja noch unsere Auftraggeber, die wir nur vom Telefon her kennen".

„Das gibt Sinn",

mischte sich Tschik ein,

„Max auf Geschäftsreise, das Dienstmädchen in irgendeinem Lokal. Beide haben ein erstklassiges Alibi. Den Rest haben beauftragte Gangster beziehungsweise wir übernommen. Perfekt! Sie sind einfach verschwunden und werden nach einer gewissen Zeit für tot erklärt".

Frau Nordhoff fing zu schluchzen an. Ein paar Tränen kullerten ihr über die Wangen.

„So fürchterlich sich das anhört, aber eine andere Erklärung habe ich auch nicht. Wir müssen sofort die Polizei verständigen".

Bobo verschluckte sich fast an seinem Bier. Sich den Schaum vom Mund wischend, prustete er heraus,

„Das hätte uns gerade noch gefehlt. Wir drei sind alle keine unbeschriebenen Blätter. Uns würde niemand glauben, dass wir mit der Sache nichts zu tun haben. Wir würden allesamt erstmal in den Bau einfahren. Glaubt denn jemand von euch, dass die Verbrecher, die hinter dieser Sache stecken, nicht schon längst in Frau Nordhoffs Wohnung klar Schiff gemacht haben? Da gibt es bestimmt kein Milchglas mehr mit irgendwelchen Rückständen die auf ein Verbrechen hinweisen könnten. Genauso werden alle anderen Spuren beseitigt worden sein. Die das durchgezogen haben, waren eindeutig Profis. Die einzigen Deppen, die man zur Verantwortung ziehen kann sind wir".

„Aber ich kann doch bestätigen, dass sie mich gerettet haben",

ereiferte sich Frau Nordhoff,

„da kann man sie doch dann nicht behelligen"!

„Die werden behaupten, uns hätte während der Tat unser schlechtes Gewissen gedrückt. Wahrscheinlich nehmen sie an, wir wollten sie verschleppen um Lösegeld zu fordern. Aber egal, was auch immer, wir wären auf jeden Fall dran. Und sie wären ihres Lebens nicht mehr sicher. Ein kleiner Unfall ist bestimmt schnell organisiert. Max ist dann wieder fein heraus".

Elfi und Tschik stimmten Bobo zu.

„Aber was machen wir dann",

meldete sich die alte Dame kleinlaut zu Wort.

„Es gibt nur eine Chance für uns alle",

grübelte Bobo vor sich hin.

„Wir müssen die Gangster an die Eier kriegen, bevor sie uns haben".

„Wie soll das funktionieren",

fragte Latex.

„Frau Nordhoff bleibt verschwunden. Wir tun so, als ob sie tatsächlich ihre letzte Ruhestätte in diesem Bauschacht fand. Wir wiegen also Max und die Gangster in Sicherheit. Dann schlagen wir gnadenlos zu. Wir setzen Max immer mehr unter Druck. Da fällt uns bestimmt einiges ein. Wir müssen das so weit treiben, bis dieser Typ durchdreht und kapituliert. Das sollte uns mit dem „Geist Frau Nordhoff" eigentlich gelingen. Um dies durchziehen zu können, brauchen wir natürlich einiges an Geld. Mit unseren 10.000 kommen wir nicht weit. Außerdem müsste sich Frau Nordhoff verstecken".

„Sie wohnen einfach bei mir",

bot Elfi an.

„Geld habe ich genug. Damit könnten wir jedenfalls den Gangstern die Hölle heiß machen. Nur müssten wir das gleich aus meinem Haus holen. Mein Dienstmädchen wird sicher Alarm schlagen, wenn sich in der Villa etwas Ungewöhnliches tut. Dann brauche ich noch einige Medikamente. Für die erste Zeit habe ich noch genügend in einem Beutel auf meinem

Nachttischschränkchen neben dem Bett. Den müssen sie mitbringen. Ich mache ihnen jedenfalls eine Liste. Aber danach? Was mache ich dann"?

„Das mit ihren Medikamenten kriege ich hin",

warf sich Bobo in die Brust.

„Ganz bestimmt kennt meine Zahnarztwitwe einige Ärzte und Apotheker, die ihr verschreiben was immer sie braucht. Besonders dann, wenn ich vorher meine Schulden bei ihr beglichen habe".

„So könnte es gehen. Aber wie kommen wir an ihr Geld Frau Nordhoff"?

„Wie gesagt, sie sollten sich am besten noch heute Nacht auf den Weg machen und meine Wertsachen aus der Villa holen. Allerdings müssen sie, wie vorhin schon gesagt, aufpassen, dass sie nicht den Tatortreinigern in die Quere kommen. Vielleicht wollen diese Gangster selbst den Tresor in aller Ruhe knacken und Max weiß gar nichts von der ganzen Geschichte. Einen Schlüssel zum Haus haben sie ja. Im Keller des Hauses gibt es einen Tresorraum, den sie nur mit einer Zahlenkombination öffnen können. Vor kurzem habe ich mir den erst bauen lassen. Sie wissen ja die Banken, null Zinsen und so weiter. Da habe ich aber Glück gehabt. Wäre mein Bargeld noch auf der Bank, käme ich da momentan nicht dran, ohne meine Deckung aufzugeben. In dem Raum befindet sich dann der Tresor. Der lässt sich auch nur mit einer Geheimzahl öffnen. Darin finden sie ungefähr 500.000 Euro in bar und 10 Kilo Goldmünzen. Wertpapiere und Schmuck bleiben im Safe, die lassen sich nicht so ohne weiteres versilbern. Wie hört sich das an"?

„Das sind insgesamt schlappe 800.000 Euro. Damit müssten wir einiges bewerkstelligen können"!

rief Tschik freudig aus.

„Das will ich doch meinen! Außerdem wird sich später die Polizei, oder wer immer sich mit der Frage beschäftigt, wo denn mein Geldvermögen geblieben ist, die Zähne ausbeißen. Theoretisch muss man annehmen, dass ich mich damit aus dem Staub gemacht habe. Schenken sie mir noch ein Glas Rotwein ein, ich schreibe ihnen inzwischen die nötigen Zahlenkombinationen auf. Dann müssen sie aber gleich los. Es ist schon nach zwei Uhr morgens. Erna wird nicht vor sieben Uhr das Haus betreten, da bin ich mir sicher".

„Sollen wir ihnen aus ihrer Wohnung auch etwas zum Anziehen mitbringen",

fragte Elfi.

„Gute Idee. Die sollen alle rätseln. Sind wir mal gutmütig und gehen davon aus, dass Erna nichts mit der Sache zu tun hat. Dann glaubt sie bestimmt, dass ich ganz in der Früh von Bekannten abgeholt wurde. Ich werde ihr deshalb noch eine kurze schriftliche Nachricht hinterlassen und ihr etwas von einer Fahrt ins Blaue schreiben. Dauer einige Tage, Ziel unbekannt. Die müssen sie bitte auf den Küchentisch legen. Dann ist es auch plausibel, wenn einige Kleidungsstücke, die Medikamente und meine Reisetasche fehlen. Sie müssten dann allerdings für mich morgen auch noch einiges einkaufen".

„Mache ich natürlich. Nur noch eine Frage. Warum vertrauen sie uns so viel Geld an? Woher wissen sie, dass wir sie nicht berauben"?

„Wenn sie nicht so gute Menschen wären, würde ich wahrscheinlich nicht mehr leben. Außerdem, was habe ich noch zu verlieren? Sie sind in Ordnung, das spüre ich. Ich verlasse mich auf sie. Und noch etwas. Sie tun so viel für mich. Ihr Schaden soll das nicht sein, das dürfen sie mir glauben"!

„Ziehen wir das nun so durch, wie es Frau Nordhoff vorgeschlagen hat"?

Elfis Geschäftspartner waren einverstanden.

„Gut, wenn unser Gast ihre Nachricht an Erna geschrieben hat, bringe ich sie nach oben ins Bett. Danach machen wir uns auf die Socken. Wird schon schiefgehen"!

Die alte Dame schaffte es gerade noch in den ersten Stock. Das KO-Mittel und der Rotwein taten ihre Wirkung. Sie schlief bereits tief, als vor dem Löwenkäfig der Transporter gestartet wurde.

Direkt vor der Villa war Bobo ausgestiegen und überprüfte zu Fuß die Umgebung. Totenstille. Keine Auffälligkeiten. Er winkte ihrem Fahrzeug, welches kurz darauf vor dem Eingang des Hauses parkte. Es war bereits 03.30 Uhr. Bald würde es hell. Sie mussten sich sputen.

„Die Gummihandschuhe",

rief Latex wieder ihren Kumpanen zu. Dann waren sie auch schon im Haus. Sie fanden alles wie beschrieben vor. Gegen 04.00 Uhr war die Aktion beendet. Erleichtert, aber auch mit einem gewissen Hochgefühl, fuhr man vom Grundstück.

„Ist das nun die Chance in unserem Leben auf die wir alle immer hofften?", sagte Elfi während der Fahrt so vor sich hin. Ihre zwei Begleiter schauten ohne zu antworten, andächtig, mit glänzenden Augen, starr geradeaus. Zweifellos genossen auch sie diesen Augenblick, der verhieß wieder richtig am Leben teilhaben zu können.

Geld und Gold wurden im Löwenkäfig versteckt. Alles Weitere wollte man am Tag, das heißt gegen Mittag besprechen.

Q

Tatsächlich fanden sich Elfi, Tschik und Bobo bereits gegen zehn Uhr in ihrer „Zentrale" ein. Dazu war der Löwenkäfig kurzfristig umgewidmet worden. Am Eingang baumelte ein Schild. „Wegen Krankheit geschlossen". Man wollte in Ruhe und ungestört ans Werk gehen. Frau Nordhoff gönnte man, dass sie noch schlief. Jeweils mit einem Glas Bier in der Hand, wurden erste Ideen ausgetauscht, die bereits gegen Mittag in konkrete Vorstellungen mündeten, die auch umsetzbar schienen. Gegen 14 Uhr, man hatte gerade das Standardmittagsessen, Wiener Würstchen genossen, tauchte dann ihr Gast im Lokal auf. Etwas zerknautscht, im Morgenmantel Elfis ein bisschen wie ein Geist aussehend, doch wie sich herausstellte hellwach. Zu einer Tasse Kaffee verdrückte auch sie die obligatorischen Wiener. Die bisher diskutierten Ideen wurden mit ihr besprochen. Mit ihrer Umsetzung war sie einverstanden. Zu allererst wollte sie aber wie ein Mensch aussehen. Latex machte sich mit einer langen Einkaufsliste auf den Weg um alles zu besorgen, was sich die alte Dame wünschte. Dass Elfi die Restzahlung von 5000 Euro im Briefkasten fand, war an diesem Tag fast nebensächlich.

Q

„Wir lassen sie jetzt alleine. Während wir zwei Leihwagen anmieten, mit welchen wir dann unauffällig ihre Villa observieren können. Erstellen sie jeweils einen Steckbrief von Erna und Max. Notieren sie jede Kleinigkeit die ihnen einfällt. Auch Sachen, die auf den ersten Blick nicht so wichtig erscheinen. Vor allem Gewohnheiten. Schlichtweg alles woran sie sich erinnern können. Das betrifft die Vergangenheit, wie auch die Gegenwart und die Zukunft. Vielleicht hat Max ihnen gegenüber erwähnt was er denn so vorhätte. Beruflich, wie privat. Wichtig ist auch, dass sie alles was ihnen zu ihrem sonstigen Umfeld in letzter Zeit auffiel, aufschreiben. Vielleicht ergibt sich so eine Spur zu unseren Auftraggebern".

Frau Nordhoff nickte zustimmend nach Bobos Ausführungen.

„Ich gebe ihnen 20.000 Euro für ihre Spesen mit. Vielleicht müssen sie beim Leihwagenvermieter eine Kaution hinterlegen".

Die alte Dame schmunzelte.

„Wäre doch möglich bei ihrem Lebenslauf. Aber nichts für Ungut. Geben sie so viel Geld aus, wie sie es für nötig halten. Wenn sie mehr brauchen, sagen sie es. Sie haben mein volles Vertrauen"!

Die Aufgaben waren verteilt. Bobo und Tschik beeilten sich. Der Tag war noch jung. Sicherlich war es von Interesse, ob Erna heute noch das Haus verließ und was sie dann täte. Deshalb wollten sie mit der Observation des Gebäudes so schnell als möglich beginnen.

Am Ende des Tages waren alle Beteiligten genauso schlau wie zu Beginn. Erna hatte zwar zweimal die Villa verlassen, anscheinend um einzukaufen, doch sonst geschah nichts. Von

Polizei keine Spur. Vermisste die Haushaltshilfe ihre Chefin gar nicht, oder wie war das zu erklären? Inzwischen war man wieder bei Bier und Rotwein angelangt. Nach dem dritten Schoppen bestand Frau Nordhoff, sich kokett in den von Elfi besorgten Kleidungsstücken, die für ihr Alter etwas zu jugendlich wirkten, räkelnd, darauf Emma genannt zu werden. Ihrem Wunsch kam man umgehend nach. Um etwas zu erfahren mussten sie an Erna und Max dran bleiben. Ansonsten blieb nur die Hoffnung, dass sich die Auftraggeber ihres letzten Geschäfts wieder bei ihnen meldeten und sie an diese so rankämen.

Als nächste Maßnahme sollte sich der erfolgreiche Heiratsschwindler Bobo um Erna kümmern. Die Daten, die Frau Nordhoff über sie erstellte, wurden ihm zur Verfügung gestellt. Max, ein Finanzberater, würde von Tschik observiert. Den Vogel schoss schließlich Emma ab. Sie hatte vor, sich im Internet Ansichtskarten von London, Paris und Rom zu besorgen. Die würde sie mit Grüßen an Erna und Max versehen und dann von den jeweiligen Städten abschicken. Sinn der Sache war, die Empfänger zu verunsichern und herauszubekommen wie sie darauf reagierten. Falls sie etwas mit Emmas geplanter Beseitigung zu tun hätten, würden sie sich sicher an ihre Gehilfen wenden. Das wäre dann vielleicht die Chance, die nötigen Schritte zu unternehmen, um sich zu rächen.

Die Städtereisen sollten von Elfi unternommen werden. Latex war gleich Feuer und Flamme.

„Damit wir uns richtig verstehen. Die Postkarten einwerfen, in den nächsten Flieger und wieder nach Hause",

zügelte Emma Elfis Vorfreude.

„Unsere zweite Chance an die Verbrecher heranzukommen, bestünde darin, dass diese sich bei Euch mit einem neuen Auftrag melden sollten. Dann müssen wir ihnen unter irgendeinem Vorwand eine Falle stellen. Verstanden"?

Zweifellos hatte Frau Nordhoff gerade das Kommando übernommen. Jedenfalls waren die drei Transportunternehmer nicht nur mit ihren Vorschlägen einverstanden sondern auch schwer beeindruckt.

„Ich werde noch schnell im Internet ein paar Ansichtskarten bestellen, damit wir sie übermorgen haben. Darf ich den Laptop benutzen, der oben in der Wohnung steht"?

„Klar",

antwortete Elfi.

„Gut dann bis morgen früh. Ich gehe anschließend ins Bett. Um 06.00 Uhr beim gemeinsamen Frühstück"?

Tschik schaute etwas verdattert als er die Uhrzeit hörte, nickte dann aber zustimmend, wie die anderen auch. Schließlich hatte man ein gemeinsames, wichtiges Ziel vor Augen.

Der Löwenkäfig lag dann auch bald im Dunklen.

Q

Tatsächlich waren am nächsten Morgen alle pünktlich zur Stelle. Das karge Mahlzeit war rasch eingenommen. Als erster machte sich Bobo auf den Weg. Er wollte vor Emmas Villa sein, bevor Erna das Haus verließ. Keine halbe Stunde nachdem er in seinem schwarzen X5 BMW, einer der Leihwagen, seinen Posten bezogen hatte verließ das adrette, blonde 25 jährige Dienstmädchen das Haus. Selbst auf die zwischen ihnen liegende Distanz erkannte Bobo wohlgeformte Beine und ein hübsches Gesicht. Sie spazierte auf die etwa 100 Meter entfernte Hauptstraße zu, in welcher es etliche Geschäfte gab. Bobo verfolgte sie in sicherem Abstand mit dem Wagen. Die Aussicht mit Erna ein Techtelmechtel zu beginnen stimmte ihn heiter. Schließlich galten seine bisherigen Avancen immer älteren Damen und waren rein beruflicher Natur. Aber in diesem Fall? Na ja, mal sehen, dachte sich Bobo. Nachdem Erna in einer Bäckerei eingekauft hatte, betrat sie noch eine Metzgerei, vor welcher inzwischen Bobo stand und interessiert durch die Schaufensterscheibe auf die Auslage schaute, als ob er etwas Bestimmtes suchte. Als Erna den Laden mit zwei Einkaufstaschen bepackt verließ, trat ihr Bobo hilfesuchend mit ausgebreiteten Armen entgegen.

„Entschuldigen sie bitte, aber sie kaufen anscheinend hier öfter ein".

„Ja und ich bin sehr zufrieden".

„Dann können sie mir sicher weiterhelfen".

Bobo erzählte, dass er in Bälde eine größere Party anlässlich seines Geburtstags ausrichten wolle. Ein paar Tipps was man denn da am besten bei diesem Fleischer einkaufen sollte, würden ihm recht nützlich sein.

„Hmm",

überlegte Erna,

„so einfach ist das nicht. Ich habe ja keine Ahnung, was sie und ihre Gäste am liebsten mögen".

Bobo schaute sich bedrückt um. Dann wies er mit seinem rechten Arm auf ein Cafe auf der gegenüberliegenden Straßenseite.

„Darf ich sie auf eine Tasse Kaffee einladen, wenn es ihre Zeit erlaubt, sie würden mir wirklich sehr helfen"?

Erna zierte sich etwas doch dann nickte sie.

„Habe momentan sowieso wenig zu tun".

„Wie denn das"?

„Ach das ist eine andere Geschichte".

Sie betraten die Konditorei und nahmen an einem Tisch Platz. Die Kellnerin brachte Kaffee und Kuchen und stellte bereitwillig einen Notizblock sowie einen Kugelschreiber zur Verfügung. Bald waren jede Menge Fleisch und Wurstartikel notiert, die laut Erna unbedingt eingekauft werden müssten.

„Sie haben mir sehr geholfen",

bedankte sich Bobo artig,

„aber sagen sie, ihre Bemerkung vorhin, sie hätten momentan wenig zu tun, kann ich der entnehmen, dass sie gelegentlich auch mal wieder für mich Zeit hätten. Ich habe bestimmt noch einige Fragen zur Ausrichtung der Party, aber natürlich nicht nur deshalb".

Erna lächelte den kräftigen Mann, der ihr gleich sympathisch war, verschmitzt an.

„Warum nicht. Ich schreibe ihnen meine Telefonnummer mit auf ihre Einkaufsliste".

Mittags im Löwenkäfig wusste Bobo den zwei Damen, Tschik war noch unterwegs, zu berichten, dass Erna mit dem was Emma widerfahren war, bestimmt nichts zu tun hatte. Sie wäre viel zu unbefangen und überhaupt nicht verstört oder bedrückt gewesen. Außerdem signalisierte ihre Bereitschaft sich wieder mit Bobo zu treffen, dass es wahrscheinlich kein Verhältnis zwischen Max und ihr gab. Doch das wollte Bobo bei seinem Date mit Erna genau herauskriegen.

Emma war im Internet fündig geworden. Original Ansichtskarten aus Rom, Paris, Amsterdam und Brüssel sollten am nächsten Tag per Post eintreffen.

Tschik kam zur Tür herein. Elfi reichte ihm gleich ein frisch gezapftes Bier über die Theke.

„Danke, kann ich gut gebrauchen. Max habe ich leider nicht zu Gesicht bekommen. Ich hatte mich vor seiner Agentur in der Bayerstraße aufgebaut und seit 08.00 Uhr gewartet. Als er auch gegen Mittag noch nicht aufgetaucht war, habe ich mich in seinem Büro nach ihm erkundigt. Mir wurde gesagt, dass er aus dem Ausland zurück sei, sich allerdings krank gemeldet hätte. Daraufhin bin ich zu seiner Wohnung in Bogenhausen gefahren. Niemand zu Hause. Jedenfalls hat auch nach mehrmaligem Läuten niemand geöffnet. Schaut aus, als ob der liebe Max untergetaucht wäre. Aber wo könnte der sein? Emma, hast du da eine Idee"?

„Im Moment nicht, doch ich werde darüber nachdenken. Vielleicht erfährt ja Bobo bei seinem Treffen mit Erna etwas. Wenn Max an mein Vermögen ran will, muss er jedenfalls irgendwann eine Vermisstenanzeige, was meine Person angeht, aufgeben. Und da kommt dann spätestens wieder meine Haushälterin ins Spiel".

„Momentan haben wir so etwas wie die Ruhe vor dem Sturm",

bemerkte Latex und fuhr fort,

„egal, wer welche Interessen hat, er traut sich noch nicht zu agieren".

„Mag schon sein",

Bobo winkte ab,

„doch das wird sich schnell ändern, wenn die Gangster im Hintergrund Druck machen. Schließlich wollen die an ihre Kohle. Die arbeiten sicher auf Provisionsbasis und da nicht für Peanuts. Apropos Kohle. Ich fahre schnell zu meiner Liebschaft und bezahle meine Schulden zurück. Emma schreib mir bitte auf, welche Medikamente du brauchst. Das erledige ich dann gleich mit".

Frau Nordhoff war sich mit Bobo einig. Bald würden die Hintermänner auf den Plan treten. Spätestens dann, wenn die ersten Ansichtskarten von ihr Max erreichten. Ihr Neffe fühlte sich ab diesem Moment sicher von seinen Gangsterfreunden betrogen oder zumindest veräppelt. Die wiederum würden mit Nachdruck darauf bestehen, dass Max seinen Verpflichtungen ihnen gegenüber nachkäme. Beide Seiten wüssten nicht genau woran sie wären. Schließlich würde es unmöglich sein, den einbetonierten Koffer zu bergen um sich Gewissheit zu verschaffen, dass die getroffenen Vereinbarungen erfüllt wären. Eine interessante Konstellation, wie Emma meinte.

„Ich gehe dann noch kurz shoppen, bevor die Geschäfte schließen. Schließlich brauche ich für meine Städtereisen entsprechende Klamotten".

„Du meinst, wenn du nicht elegant angezogen bist, akzeptiert der Briefkasten deine Postkarte nicht, stimmt´s"?

Tschik lachte sich bei seinen Worten fast kaputt.

„Das musst gerade du sagen. So wie du daherkommst würde man dich erst gar nicht einreisen lassen, geschweige denn einen Brief von dir annehmen".

„Der wollte doch nur einen Spaß machen",

meinte Emma, Tschik freundlich den Rücken streichelnd.

„Aber nun geh schon los. Wenn morgen die ersten Postkarten eintreffen musst du reisefertig sein".

Elfi ließ sich das nicht zweimal sagen. Sie hatte längst den Löwenkäfig verlassen, als Bobos Handy bimmelte. Es war Erna. Nach einem kurzen Gespräch stand fest, dass er sich gleich mit ihr zum Abendessen treffen würde. Sicherlich würde er ihr nicht erzählen, dass danach noch die Witwe auf seinem Programm stand. Er winkte noch kurz Emma und Tschik zu und draußen war er.

Emma und Tschik hatten sich noch einen Drink eingeschenkt und warteten auf die Rückkehr ihrer zwei Mitstreiter. Das Telefon klingelte. Tschik nahm ab und meldete sich mit ihrem Firmennamen.

„Ihren letzten Auftrag haben sie sauber erledigt. Wir werden demnächst wieder auf sie zukommen",

sagte eine etwas heisere Stimme am anderen Leitungsende. Dann war das Gespräch auch schon beendet.

„Das waren unsere Auftraggeber. Anscheinend sind sie mit unserer Arbeit zufrieden. Jedenfalls haben sie einen neuen Auftrag in Aussicht gestellt. Gut für uns! Nun wissen wir, dass bisher niemand mitbekommen hat, dass du noch lebst".

„Und wie ich lebe. Ist mir noch nie so gut gegangen wie in eurer Gesellschaft. Komm, schenk mir noch einen Schoppen ein",

lachte die alte Dame aufgekratzt.

Es dauerte dann noch zwei Stunden, bis Latex mit fünf großen Einkaufstüten hereinschneite und sofort mit einer Art Modenschau begann. Tschiks Kommentare konnten ihre gute Laune dabei nicht stören. Emma war mit dem Einkauf sehr einverstanden und bescheinigte Elfi sogar einen guten Geschmack.

Als letzter trudelte zwei Stunden später Bobo ein. Er sah richtig abgekämpft aus. Wahrscheinlich musste er wegen der Medikamentenbestellung nochmal ordentlich ran. Dass Erna mit dem Verschwinden Emmas nichts zu tun hatte, dafür würde er jeden Eid schwören. Mehr als eine gute Bekanntschaft war Max demnach auch nicht für die Haushälterin. Während Bobo berichtete bekam er richtig rote Backen. Er konnte schlecht verbergen, dass ihm Erna sympathisch war. Was Tschik prompt zu einem Kommentar veranlasste.

„Lass dich nur nicht zu sehr von deiner knackigen Haushälterin einlullen. Du weißt schon, stille Wasser"!

„Klar, dass unser Oberschlaumeier mir sagen muss, wo es langgeht. Aber keine Sorge, wenn ich mich mit etwas auskenne, dann mit Frauen. An deiner Stelle würde ich mal zum Frisör gehen und mir die langen Zotteln abschneiden lassen. Dann kämest du auf dem Gebiet vielleicht auch mal zum Zug".

„Das wird wahrscheinlich nicht reichen",

antwortete der so Angesprochene trotzig,

„da brauche ich schon noch ein paar von deinen männlichen Abziehbildern".

Bobo hielt Tschik seine Faust unter die Nase.

„Irgendwann, lieber Edgar",

bei seinem richtigen Vornamen nannte er Tschik nur wenn er richtig wütend auf ihn war,

„schiebe ich dir deine hässlichen gelben Raucherzähne in deinen eigenen Rachen rein"!

„Schluss jetzt! Klar dass wir alle ein bisschen nervös sind, aber jetzt kriegt euch mal wieder ein"!

sprang wieder Latex in die Bresche, während sie sich verführerisch, neu eingekleidet, vor den beiden Kontrahenten um die eigene Achse drehte.

„Das war heute ein richtig erfolgreicher Tag. Es gibt noch eine Runde aufs Haus und dann ist Feierabend"!

Q

Fünf original Ansichtskarten der schönen Stadt Paris fanden sich tatsächlich am nächsten Morgen im Briefkasten des Löwenkäfigs. Ein Flug ab München um 12.30 Uhr war per Internet sogleich gebucht. Um 10.00 Uhr saß Elfi im Taxi Richtung Airport. Zur Sicherheit sollte Latex zwei Postkarten an

Max und eine an Erna, die Emma vorher mit unterschiedlichen Grüßen versehen hatte, aufgeben. Nun musste man nur noch der Dinge harren, die da kämen.

Tschik bezog wieder seinen Observationsposten vor Max Büro. Es war langweilig, wusste er später zu berichten. Nichts Auffälliges. Bobo führte inzwischen mehrere Telefonate mit seiner Witwe und Erna. Mit letzterer hatte er sich schon wieder zum Abendessen verabredet. Er wollte am Ball bleiben, wie er bemerkte. Seine Ex-Kreditgeberin sah ihn anscheinend auch nach Rückzahlung der Schulden immer noch im Obligo. Ob er wollte oder nicht, eine gewisse Zeit musste Bobo wohl noch zweigleisig fahren.

Elfi meldete telefonisch aus Paris Vollzug und saß schon wieder im Flieger nach München. Tschik trudelte im Löwenkäfig ein und machte es sich mit Emma gemütlich. Ab und zu klopfte ein enttäuschter Zecher an die Tür und beschwerte sich, dass immer noch geschlossen wäre. Tschik ließ dann regelmäßig nach draußen ein lautes, verärgertes

„kannst du das Schild nicht lesen? Haben wegen Krankheit geschlossen und danach machen wir Inventur. Und Tschüss",

hören.

Emma blühte in ihrer neuen Umgebung regelrecht auf. Ihr Leben hatte plötzlich wieder Farbe bekommen. Die Situation als solche, ihre neuen, interessanten Bekannten und natürlich die Drinks bis zum Abwinken, taten ihr sichtlich gut. Sie wirkte und fühlte sich um mindestens zehn Jahre jünger. Ein richtiger Glücksfall sagte sie manchmal strahlend. Ihre Villa wäre dagegen ein langweiliges Altersheim gewesen.

Als dann in der Nacht alle beisammen saßen und auf Elfis erfolgreiche Reise tranken, berichtete Bobo noch von seinem letzten Treffen mit Erna. Er war sich nun definitiv sicher, dass die nichts mit Max hatte, weil sie ihm gestand, dass sie noch Jungfrau wäre. Ihre allmähliche Sorge um den Verbleib ihrer Chefin, war ein weiteres Indiz dafür, dass sie in keiner Weise etwas mit Emmas Schicksal zu tun hatte.

Tschik wollte dann nochmal wegen der Jungfrau nachhaken, doch Elfi machte rechtzeitig eine drohende Handbewegung. Relativ freundlich ging man an diesem Abend auseinander. Morgen wollte man weitersehen.

Q

Tatsächlich lagen am nächsten Tag gegen zehn Uhr die bestellten London-Ansichtskarten im Briefkasten. Während Emma die Flüge buchte, machte sich Latex bereits wieder reisefertig. Um 12.00 Uhr war sie schon wieder Richtung Flughafen und Bobo zu Erna unterwegs. Mit der wollte er heute zu Mittag essen. Am späten Nachmittag musste er wohl oder übel noch ein paar Zinsen an eine ehemalige Kreditgeberin zurückzahlen. Tschik und Emma ließen es sich derweil bei einem kleinen Frühschoppen gut gehen. Nachmittags wollte Tschik sich dann aufs Ohr hauen, wie er meinte. Max würde er ab dem späten Abend observieren, nachdem tagsüber keine Auffälligkeiten bei ihm zu erkennen waren.

„Vielleicht sind ja schon die Ansichtskarten aus Paris angekommen. Dann wird es richtig spannend. Bobo und Elfi sollten dich ab morgen bei der Überwachung von Max unterstützen. Ich bin mir inzwischen ganz sicher, dass der hinter allem steckt".

Tschik schaute nachdenklich vor sich hin.

„Irgendjemand muss den Burschen voll am Haken haben. Ob er aus dieser Nummer wieder heil herauskommt"?

„Falls er hinter dieser Sauerei steckt, sollen sie ihn ruhig richtig durch die Mangel drehen"!

Emma war wirklich tough.

Tschik musste sich eingestehen, ein richtiger Fan von Emma geworden zu sein. Am späten Nachmittag ließ der Kettenraucher die alte Dame mit den Worten,

„die anderen müssten ja gleich eintrudeln",

allein.

Emma war damit einverstanden.

„Schau du mal was mein sauberer Neffe treibt. Aber sei vorsichtig, du weißt ja mit welchen Menschen wir es zu tun haben. Die schrecken vor nichts zurück".

Latex betrat gegen 22.00 Uhr gut gelaunt den Löwenkäfig.

„Hab' da einen Typen im Flugzeug kennengelernt, der ging mir bis zum Flughafenausgang in München nicht mehr von der Pelle. Eigentlich gut aussehend, aber tierisch aufdringlich. Ich habe ihn schließlich gefragt, ob er seine Frau benachrichtigt hätte, dass er schon gelandet wäre. Er hat darauf das Gesicht verzogen und die Kurve gekratzt. Als ich ihm dann noch schöne Grüße an seine Kinder nachrief, war er im Davongehen sichtlich sauer. Aber Emma, jetzt mach mir erstmal einen starken Drink. Du kennst dich ja hier inzwischen besser als ich selbst aus".

Emma lachte,

„kommt sofort"!

Gegen 23.30Uhr war dann auch Bobo zurück. Er sah ziemlich fertig aus.

„Wenn wir die Geschichte hier erfolgreich durchgezogen haben, spendiere ich dir einen dreiwöchigen Erholungsurlaub in der Karibik. So wie du dich für uns aufopferst"!

meinte Emma mitfühlend.

„Schon gut",

meinte Bobo bescheiden,

„leider kann ich nichts Neues berichten".

„Auch OK, jetzt trink erst mal ein Bier",

Latex schob ihm den bereits gefüllten Krug über die Theke entgegen.

Von Tschik hörten sie in dieser Nacht nichts mehr. Alle waren gespannt was dieser am nächsten Tag berichten würde. Vor allem aber, ob die Postkarten aus Paris schon eingetroffen wären. Erna würde dies Bobo bestimmt erzählen.

Q

„Stell dir vor, meine Chefin schickte mir eine Ansichtskarte aus Paris. Die lag anscheinend gestern Nachmittag schon im Briefkasten. Aber vor lauter Prospekten habe ich sie erst gar nicht gesehen. Ist schon ein Ding! Verschwindet in der Nacht, ohne ein Wort zu sagen und jetzt das. Sie hätte sich kurzfristig entschlossen mit Freunden einen Trip durch Europa anzutreten. Sie schreibt dann noch, dass ich mir keine Sorgen machen soll und das man schließlich nur einmal jung wäre".

Bobo hatte Erna bei ihrem Anruf an diesem Morgen aufmerksam zugehört.

„Dann ist ja alles in Butter. Will sagen du hast sturmfreie Bude. Besser können wir es doch gar nicht antreffen"!

„Mal nicht so schnell, Bobo. Wir kennen uns doch erst seit zwei Tagen".

„Hast ja recht",

wiegelte der so Angesprochene ab,

„war doch nur ein Spaß. Eigentlich wollte ich sagen, dass ich mich freue, weil mit deiner Chefin alles in Ordnung ist. Ich habe doch gemerkt, dass dich das bedrückt".

„Ja dann, bis bald"!

Die Post war schnell, das konnte man feststellen. Außerdem gehörte Erna nach diesem Telefonat, von welchem Bobo sofort seine Mitstreiter unterrichtete, definitiv nicht mehr zu den möglichen Verdächtigen. Darüber waren sich an diesem Morgen die Besorgungsunternehmer samt Fast-Opfer einig.

„Dann wissen wir ja wie wir weiter vorgehen. Unser Hauptaugenmerk werden wir nun auf den lieben Max richten. Apropos Max, Tschik hast du gestern Nacht über ihn etwas herausgefunden"?

„Und ob"!

Der Kettenraucher, der erst kurz zuvor den Löwenkäfig betreten hatte, wirkte etwas zerknautscht.

„War zwar eine anstrengende Nacht, aber hat sich gelohnt".

„Lass dir bloß nicht alles aus der Nase ziehen. Nun leg schon los"!

Bobo wirkte etwas ungeduldig.

Mit einem verächtlichen Blick öffnete Tschik seinen Mund und ließ dabei seine gelben Raucherzähne sehen. Seine Augen funkelten. Er war zweifellos dabei gleich zu explodieren. Doch bevor sein Temperament wieder einmal mit ihm durchgehen konnte, schritt Latex ein.

„Bevor du wieder mal Krawall machst, erzähl lieber von letzter Nacht. Wir sind eben alle sehr gespannt und nervös"!

Mit einem Knurren gab Tschik tatsächlich nach.

„Während ihr flach lagt und euren süßen Träumen nachhingt, habe ich mich um diesen Strolch, ihren Neffen gekümmert. Der verließ gegen 22.00 Uhr seine Wohnung, um nach einem kurzen Fußmarsch in ein Taxi zu steigen. Dem bin ich gefolgt. Vor der „Hasenhütte" in Haidhausen, ihr wisst schon, wo die nackigen Bedienungen servieren, war die Fahrt zu Ende. Max betrat das Lokal. Ich folgte ihm. Dabei konnte ich gerade noch sehen, wie er in einem Nebenzimmer verschwand. Kennt sich gut aus, dachte ich mir und setzte mich an die Bar und hab mir ein Bier bestellt. Die Bedienungen zogen gerade wieder ihre Stripnummer auf den Tischen vor den Gästen ab, als sich ein Typ neben mich setzte.

„Tschik",

fragte eine erstaunte Stimme neben mir.

Kurzum, es war Arnold, mit dem teilte ich mir schon einmal eine Zelle in Stadelheim.

„Arnold, du hier"?

„Mann, muss ich wohl. Ich bin der Geschäftsführer von dem Laden. Dass du hier bist freut mich. Kann ich etwas für dich tun? Die Drinks gehen natürlich aufs Haus".

„Danke. Vor 10 Minuten ist ein Typ dort drüben durch diese Tür gegangen. Wo führt die hin"?

„Ich weiß um wen es geht. Du arbeitest inzwischen aber nicht für die Bullen oder so"?

„Arnold, ich bitte dich. Dieser Mann schuldet mir Kohle. Da wollte ich mal nachschauen was der so treibt, nachdem ich ihn vorhin zufällig auf der Straße habe laufen sehen".

„Dann weißt du sicher auch wie er heißt".

Tschik nickte.

„Max".

„Wenn das so ist, kann ich dir wohl eine Auskunft geben. Auf deine Kröten wirst du sicher noch warten müssen. Der Typ ist ein übler Zocker. Er hat mehr Schulden als du Haare auf dem Kopf. Hinter der Tür die du mir zeigtest befindet sich ein schwarzer Spielsalon. Mit diesem Laden hier vorne war nicht genug zu verdienen, also suchte mein Chef nach einem zweiten Standbein und hat den hinteren Teil des Lokals vermietet".

„Wie heißen denn die Betreiber des Casinos"?

„Weiß ich wirklich nicht. Die hier aufkreuzen sind sicher nur Angestellte".

In diesem Moment ging ziemlich geräuschvoll die angesprochene Tür auf. Ein paar Stripperinnen kreischten kurz auf als Max, mit aus der Hose heraushängendem Hemd und blutender Nase, durch diese taumelte um sich dann schnell in Richtung Ausgang zu bewegen. Kurz darauf folgte ihm ein untersetzter, bulliger Typ eiligen Schritts.

„Hat wohl seine Schulden nicht bezahlen können",

meinte Arnold trocken.

„OK Arnie, schön dich getroffen zu haben und danke für die Auskunft. Bis ein anderes Mal, aber ich muss jetzt auch"!

Der Geschäftsführer hielt ihn im Vorübergehen am Ärmel seiner Jacke fest und flüsterte ihm ins Ohr.

„Von mir weißt du gar nichts, Klar"?

Schon stand ich auf der Straße. Doch weit und breit kein Max. Einfach niemand. Totenstille. Ich blieb im Hauseingang, der mir etwas Deckung gab, stehen und steckte mir eine Zigarette an. Vielleicht hatte der sich ja auch nur kurz irgendwohin verkrümelt und würde wieder auftauchen, wenn die Luft rein wäre, dachte ich. Nach einer Viertelstunde habe ich dann aufgegeben und bin zu Max Wohnung in Bogenhausen gefahren. In dieser brannte nirgends Licht. Wo trieb sich der Kerl mit seiner blutigen Nase rum? Ich wartete auch hier nochmal eine halbe Stunde, aber ihr Neffe tauchte nicht auf. So, das war mein Bericht.

Emma tätschelte Tschik wieder einmal die Schulter.

„Hast du prima gemacht. Ich glaube fast, dass mein lieber Neffe schneller in große Schwierigkeiten gekommen ist, als wir vermuteten. Wahrscheinlich ist er mit der Ansichtskarte von mir aus Paris zu seinen Gläubigern, die auch meine Beseitigung planten, gegangen und hat denen diese unter ihre Nase gehalten. Bestimmt hat er hohe Spielschulden, die er mit meinem Verschwinden tilgen wollte. Darüber hinaus wäre er für die weitere Zukunft saniert gewesen. Jetzt fühlen sich er und seine Komplizen betrogen. Dreimal dürft ihr raten, wer den Kürzeren zieht".

„Hoffentlich hat er nicht schon"!

Bobo setzte ein nachdenkliches Gesicht auf.

„Eins auf die Nase hat er bereits bekommen, da hast du recht. Wahrscheinlich werden seine Gläubiger, Peiniger, oder wer auch immer, ihn nicht eliminieren, solange sie noch Hoffnung haben, dass über ihn etwas zu holen ist. Will sagen, bis geklärt ist was mit Emma passierte, lassen die den an der langen Leine laufen. Eins ist natürlich sonnenklar. Emma schwebt nach wie vor in höchster Lebensgefahr. Die werden verstärkt nach ihr forschen. Auch wir sind in diesem Spiel kaum weniger gefährdet. Das ist euch hoffentlich allen klar".

„Hast du gut auf den Punkt gebracht, Latex. Die Frage ist, wie gehen wir nun weiter vor. Wahrscheinlich ist es am besten, wir bringen die Bullen ins Spiel. Doch was wollen die wem beweisen? Wahrscheinlich drehen die zuerst uns durch die Mangel. Wenn Mäxchen dicht hält, werden sie sich am Rest der Bande die Zähne ausbeißen".

„Aber das heißt doch Tschik",

stieg nun auch Bobo in die Diskussion ein,

„der Schlüssel um aus dieser Nummer heil herauszukommen ist Max. Der muss mit uns und später mit der Polizei zusammenarbeiten. Nur so kann der noch seinen Popo retten und nebenbei unseren mit. Die einzige Alternative für ihn wäre, seinen Hintermännern gelingt es doch noch Emma auf nimmer Wiedersehen verschwinden zu lassen".

„Demnach müssen wir Emma sofort in Sicherheit bringen. Das hat ab sofort höchste Priorität"!

Elfi kaute bei diesen Worten vor lauter Aufregung an ihren Fingernägeln.

„Aber wo ist Emma sicher"?

Betretene, nachdenkliche Gesichter waren die Antwort auf Elfis Frage.

Bobos Miene entspannte sich allmählich.

„Wenn da nicht wieder eine Gegenleistung von mir verlangt würde, hätte ich schon eine Idee".

„Raus damit",

forderte Emma energisch. Ihr war zweifellos der Ernst der Lage bewusst.

„Meine Witwe, ihr wisst schon, hat eine Ferienwohnung am Tegernsee, die sie so gut wie nie benützt. Mit mir wollte sie dort allerdings mal für eine Woche hin. Das wäre doch ideal. Dort kann man Emma im Gegensatz zu einem Hotel oder einer Pension, in der man sich anmelden muss, kaum finden. Wenn wir dann noch eine ordentliche Miete bezahlen und ich Emma als meine Tante ausgebe, deren Wohnung komplett renoviert werden muss, müsste die Sache geritzt sein".

„Alsdann, mach dich auf die Socken zu deiner Verehrerin und hol den Wohnungsschlüssel. Wir machen inzwischen Emma reisefertig",

drängte Tschik.

„Du hast leicht reden. Rechnet damit, dass es ein bisschen länger dauert. Ihr wisst schon! Also bis bald",

und draußen war er.

Im Löwenkäfig herrschte geschäftiges Treiben. Nicht nur dass alles Notwendige für die Reise gepackt wurde, es musste auch noch das ein- oder andere besprochen werden. Wie hielt man Kontakt und so weiter.

Q

Bobo hatte es wieder mal geschafft. Stolz legte er zwei Schlüssel auf Theke.

„600 Euro inclusive Heizung und Strom, pro Monat, für eine Dreizimmerwohnung. Für Bad Wiessee ein absoluter Freundschaftspreis".

„Bist halt doch der Beste",

Emma gab Bobo einen Schmatz auf die Backe, was Tschik etwas neidisch beäugte.

„Hört schon auf mit der Knutscherei, der X5 steht startklar vor der Tür. Wir haben ausgemacht, dass ich Elfi und Emma zum Tegernsee bringe. Elfi wird die ersten Tage dort bleiben. Ich komme zurück und schaue mir mit dir an was die nächsten Tage hier passiert. OK"?

„Haut schon ab",

knurrte Bobo, der irgendwie mitgenommen aussah.

„ich gehe mal vor die Tür und schaue ob die Luft rein ist. Danach werde ich genießen, dass ich endlich mal meine Ruhe habe".

Weit und breit niemand zu sehen, stellte Bobo zufrieden fest, als der X5 losfuhr.

Q

„Bin ich da richtig bei Be- und Entsorgungen"?

„Schon, aber wir haben Betriebsurlaub".

„Verstehe ich, nach zehn Mille für einen Auftrag".

„Hören sie mal, was wollen sie eigentlich"?

„Sie lediglich fragen, ob ihnen bei der Auftragserledigung irgendetwas aufgefallen ist"?

„Wie meinen sie das wieder"?

„Sie waren doch anscheinend dabei. Also, lief alles so glatt, wie ausgemacht"?

„Wir haben die Arbeit wie vereinbart erledigt, wenn sie das meinen".

„Dann ist es ja gut".

Der Anrufer am anderen Ende hatte aufgelegt. Kaum alleine und dann so ein Anruf. Die waren verunsichert, ob die alte Dame noch lebte. Das war klar. Anscheinend zeigte ihnen Max die Ansichtskarte. Deshalb hatten sie bei ihrem Erfüllungsgehilfen nachgefragt. Was würde als nächstes passieren? Abwarten und Tee trinken, sagte sich der Ex-

Catcher und schenkte sich ein Bier ein, das er auf einen Zug austrank.

Q

Biertrinkend wurde Bobo dann auch von Tschik angetroffen, der gleich kräftig mithielt, während er sich von dem Telefonat berichten ließ.

„Wie du schon sagtest, die wissen nicht mehr was hinten und vorne ist. Denen und vor allem Max geht die Düse. Aber wie! An den Koffer kommt niemand mehr ran. Der liegt in diesem Schacht unter einer sieben Meter dicken Betondecke, auf welcher inzwischen weitere Gebäudeteile errichtet wurden. Die haben nur eine Möglichkeit. Herausfinden ob Emma lebt. Wie werden sie an die Sache rangehen"?

„Hast ja recht Tschik. Lass uns schlafen gehen. Schließlich war das ein langer, harter Tag".

„OK, dann bis morgen".

Q

Tschik und Bobo frühstückten im Löwenkäfig, Wiener mit Semmeln und Bier. Bobos Handy machte sich bemerkbar. Er nahm ab und hörte aufmerksam zu. Es war ein kurzes Telefonat, bei dem er gar nicht zu Wort kam.

„Stell dir vor, Erna ruft gerade an und erzählt mir, dass sie Max telefonisch mit Fragen nach Emma gelöchert hat".

„Und",

wollte Tschik wissen.

„Ich hab's mir lediglich angehört, was hätte ich antworten sollen"?

„Wird Zeit, dass wir uns mal intensiv um diesen Neffen kümmern. Was meinst du"?

„Ganz deiner Meinung. Am besten du gehst gleich los und versuchst herauszufinden wo er sich aufhält".

„Bin schon weg. Aber sauf nicht inzwischen die ganze Kneipe leer"!

„Deine Sorgen möchte ich haben"!

Den letzten Satz bekam Tschik nicht mehr mit, er war schon draußen.

Q

Weder in seinem Büro, noch in seiner Wohnung war Max anzutreffen. Die telefonische Nachfrage ergab wie auch neulich, der Herr war krank, beziehungsweise in seiner Wohnung nahm niemand das Telefon ab. Die Anrufe tätigte Tschik mit seinem Spezialhandy, wie er immer sagte, welches keine Rückschlüsse auf ihn zuließ. Es war inzwischen 15.00 Uhr. Noch etwas früh für einen Sundowner, dachte sich Tschik als er seinen Wagen vor der „Hasenhütte" parkte. Aber der Laden hatte 24 Stunden am Tag geöffnet, außerdem war er anscheinend Max einzige Anlaufstelle um mit den Gangstern etwas regeln zu können. Und Max hatte deutlichen Handlungsbedarf. Das lag auf der Hand. Nachdem er ein Bier an der Theke getrunken hatte, tauchte auch prompt Arnold wieder auf.

„Schon wieder da? Hast wohl Gefallen an meinem Laden oder den Hasen gefunden? Wenn du mal, du weißt schon, kann ich das easy für dich regeln".

„Danke Arnie, dein Lokal ist OK. Doch zurzeit bin ich immer noch hinter meiner Kohle her. Du weißt was ich meine".

Arnold nickte bestätigend.

„Der Typ, den du suchst ist seit deinem letzten Besuch hier nicht mehr aufgetaucht".

„Arnold, ich gebe dir meine Handynummer. Ruf mich bitte an, falls du den Burschen siehst. Aber diskret"!

Arnie versprach dies zu tun und begleitete ihn hinaus zum Ausgang.

Was nun? Tschik beschloss noch einmal an Max Wohnung vorbeizuschauen. Er klingelte dort nicht. Schließlich wollte er nicht aus seiner Deckung. Aber mit seinem Anruf hatte er wieder kein Glück. Die Abenddämmerung hatte eingesetzt, doch Max Fenster blieben dunkel. Den Eingang des Wohnhauses beobachtend, hatte er plötzlich eine Idee. Tschik betrat mit einem Hausbewohner den Vorraum in welchem sich die Briefkästen befanden. Die Luft war rein. Den Namen Oberberg hatte er schnell gefunden. Einen Briefkasten zu öffnen kriegte er ebenfalls ruck zuck hin. Hauptsächlich Werbung und eine Ansichtskarte aus London waren darin. Die hatte er gesucht. Das hieß, die aus Paris hatte er erhalten und dem Briefkasten entnommen. Er packte die ganze Post zurück in das Fach und verließ das Haus. Max war also anscheinend seit seinem Auftritt in der Bar nicht mehr zu Hause, oder hatte seinen Briefkasten nicht geleert. Ersteres war anzunehmen. Der traute sich nicht mehr heim. Wahrscheinlich hatte er sich irgendwohin verkrochen. Aber wohin? Tschik observierte noch eine halbe Stunde das Haus, doch es tat sich nichts.

„Also zurück zu meinem Freund Bobo, bevor der alleine den ganzen Löwenkäfig leergezecht hat",

sagte er vor sich hin und startete den X5.

Q

„Wie sah der Koffer aus"?

„Ein großer brauner Schrankkoffer".

„Wo habt ihr ihn abgeholt"?

„Im ersten Stock im Schlafzimmer, wie beschrieben".

„Wie schwer war das Ding"?

„Ordentlich. Würde sagen so um die 70 Kilo".

„Wo habt ihr den hingebracht"?

„Auf diese Baustelle".

„Und dann"?

„Durch dieses Tor zum hinteren Ende bis zu diesem Schacht".

„Wie tief war der"?

„Würde sagen bestimmt 10 Meter".

„Und da habt ihr den Koffer reingeschmissen. Ist der dabei kaputtgegangen? Oder ist euch irgendetwas aufgefallen".

„Es hat zwar ganz schön gerumst, als der Koffer unten aufschlug, aber dann war Totenstille".

„Wer war an eurer Aktion beteiligt"?

„Mein Kompagnon Tschik und ich".

„Sonst niemand"?

Bobo schüttelte den Kopf. Latex hatte er bewusst rausgelassen.

„Gut, oder auch nicht gut. Jedenfalls hat alles gestimmt, was du erzählt hast",

sagte einer der zwei Besucher, die Bobo ohne lange zu fackeln mit vorgehaltener Pistole befragten und anschließend zu seinem Kollegen,

„Jetzt check noch unseren Freund hier und den ganzen Laden. Ich hoffe für dich",

womit er Bobo meinte,

„dass die Kneipe sauber ist. Sonst hättest du leider die A-Karte gezogen. Du verstehst"?

Bobo hatte verstanden.

Nach gewissenhafter Überprüfung des Löwenkäfigs nach Wanzen oder Ähnlichem, verließen sie grußlos das Lokal.

Q

„So, dann hattest du vorhin Herrenbesuch. Wie du sagtest, haben die dich nur ausgefragt ohne grob oder konkret zu werden. Ich meine, die wollten die Karten nicht auf den Tisch legen, sonst hätten sie direkt nach Emma gefragt. Logisch, wenn wir unseren Auftrag ordentlich erledigt haben, können wir auch nichts von der alten Dame wissen, ihnen also nicht weiterhelfen. Wem sollen die jetzt glauben? Max, uns, Erna oder den angekommenen Postkarten? Nur wer hat die geschrieben? Wir müssen davon ausgehen, dass die Gangster selbst den Koffer „gepackt" haben. Max war im Ausland, Erna außer Haus, eigentlich hatten nur wir Berührung mit diesem Gepäckstück. Das heißt, die Burschen werden sich mehr und mehr auf uns konzentrieren".

„So wird es leider sein. Auf uns kommen schwierige Zeiten zu. Dann ist da noch Emma, die können wir nicht ewig verstecken. Das siehst du doch auch so, Tschik"?

„Ja, aber was tun"?

Tschik und Bobo waren sich schnell einig erstmal ein Bier zu trinken, bevor man sich weiter den Kopf zerbrach. Drei Biere später fing Bobo wieder an sich laut Gedanken zu machen.

„Nehmen wir mal an, wir lassen Emma wieder nach Hause in ihre Villa. Dann wären wir automatisch dran. Nur wir können dahinterstecken. Kapiert? Aber was sollten die Gangster von uns schon wollen? Ihre 10.000 Euro? Die würde Emma locker bezahlen. Dann wären da noch die Spielschulden von Max und die Provision auf das Erbe, welche der Neffe bestimmt zugesagt hatte".

„Sauber analysiert. Hätte ich dir gar nicht zugetraut",

gab Tschik Bobo recht.

„Aber das heißt doch, wir müssen uns mit den Ganoven einigen, dann wäre alles in Butter",

fuhr Bobo fort.

„Außer wir schalten die Bullen ein".

„Tschik das haben wir doch schon diskutiert. Was wollen die denn auch gegen wen unternehmen? Es gibt keine Leiche, es gibt nur Vermutungen und die Unbekannten im Hintergrund. Die Einzigen die sie richtig in die Mangel nehmen würden, wären Max und wir. Was käme dann am Ende des Tages heraus? Ein leerer Koffer, für den sie ein halbes Gebäude abreißen müssten, obwohl niemand vermisst wird. Außerdem könnten wir immer damit rechnen, dass die Ganoven von uns ihre Kohle zurückhaben wollen. Genau so würde es Max gehen. Die ließen sicher erst Gras über die Sache wachsen, aber in Gefahr wären wir immer. Die würden sich bestimmt rächen. Emma wäre aus dem Schneider, die muss nur ihren sauberen Neffen enterben".

„Genau so sehe ich das auch. Also Einigung mit den Banditen. Emma ist bestimmt dabei und bezahlt fast jeden Betrag, um wieder ihre Ruhe zu haben. Bleibt nur das kleine Problem, wie kommen wir an diese Typen ran. Aber lass uns das morgen diskutieren"?

Q

Nach einem ausgiebigen Frühstück mit Wiener Würstchen und Bier, arbeiteten beide Transportunternehmer am nächsten Tag angestrengt an einer Problemlösung. Es wurde schließlich Nachmittag, bis alle erdenklichen Möglichkeiten durchgespielt waren. Das Ergebnis erschien zwar einigermaßen erfolgversprechend, allerdings auch nicht ungefährlich. Auf jeden Fall brauchten sie Emmas Zusage, um über die nötigen Mittel verfügen zu können. Tschik setzte sich in den BMW und fuhr ein Stück spazieren, um dann von einer Telefonzelle aus mit Emma zu telefonieren. Emma war mit allem einverstanden, obwohl, wie sie sagte, es ihr am Tegernsee sehr gut gefiel und ihr Neffe gerne noch einige Zeit schmoren könnte. Zurück im Löwenkäfig, machten sich Bobo und Tschik an die Umsetzung ihres Planes. Sie wollten eine Annonce in der Tageszeitung schalten, in welcher nach einem großen braunen Schrankkoffer, der verlorengegangen wäre, gesucht wurde. Der Finder sollte sich bei „Be- und Entsorgungen" melden. Der Text war schnell aufgesetzt und der Zeitung übermittelt. Er sollte eine Woche lang, ab morgen, täglich erscheinen. Mit einem ungutem Gefühl im Magen, das sie tapfer mit einigen Drinks bekämpften, hieß es nun wieder warten.

Q

Nach den Wienern und zwei Bier war es am nächsten Morgen schon so weit. Es klopfte heftig am Eingang des Löwenkäfigs. Nach Öffnen der Tür überraschte es Bobo und Tschik nicht, dass sich vier finster aussehende Männer in Lederjacken, grußlos in den Raum drängten. Ohne ein Wort zu sagen, wurde Bobo und Tschik ein heftiger Schlag in den Unterleib versetzt, der sie sich nach vorne krümmen ließ. Jeweils ein Uppercut ließ sie zwar wieder aufrecht stehen, machte sie aber stark benommen. Sich gegenseitig stützend, warteten sie darauf, was da noch kommen würde. Die schweren Jungs schnappten sich jeder eine Bierflasche und machten es sich auf den Barhockern gemütlich. Nach ein paar genüsslichen Zügen aus der Flasche, fing ihr Wortführer, ein kahlköpfiger, grobschlächtiger Typ, zu reden an.

„Wir wollten euch sagen, wo sich der Koffer befindet. Ihr wisst schon, die Anzeige. Aber warum eigentlich, bei unserem letzten Besuch hast du laufendes Abziehbild uns doch erzählt wo der Koffer ist. Was nun? Braucht ihr noch ein paar auf die Fresse, oder fällt euch sofort ein vernünftiger Satz ein"?

Einen so heftigen Einstieg in ihre Verhandlungen hatten die zwei Geschlagenen nicht erwartet. Es fiel ihnen schwer sich zu konzentrieren. Als erster fing sich Tschik wieder und stammelte durch seine aufgeplatzten Lippen,

„wir wollten euch einen Gefallen tun und ihr schlagt uns zusammen".

„Einen Gefallen?",

lachte der Wortführer der Banditen und hielt Tschik seine Faust vors Gesicht,

„dann lass mal hören. Aber mach schnell, unsere Zeit ist kostbar"!

„Zuerst als Info. Alles was wir wissen, haben wir dokumentiert und schriftlich bei einem Notar hinterlegt. Wir sollten deshalb gesund aus dieser Geschichte herauskommen. Kapiert"?

„Mann, du nervst allmählich, fang endlich an"!

„Um voranzukommen solltet ihr uns sagen um welchen Betrag es für euch bei diesem Geschäft insgesamt geht. Ist das geklärt, würden wir euch diese Summe aushändigen, falls alle bisherigen Beteiligten davon ausgehen können, dass ihnen nichts passiert. Wenn sie so wollen, bleibt die Sache in der Familie".

„Habe ich euch richtig verstanden? Ihr wollt euch und alle Beteiligten freikaufen"?

„Genau".

Die vier Gangster schauten sich verdattert an. Sie wussten anscheinend nicht so richtig wie sie reagieren sollten. Ihr

Wortführer zog ein Handy aus der Hosentasche und trat mit den Worten,

„muss mal telefonieren. Passt auf die zwei auf",

vor die Tür.

Nach ein paar Minuten kam er zurück.

„Legt erst mal schön eure Hände auf den Tresen und dann checkt die Jungs ob sie verkabelt sind. Die Kneipe nehmt ihr auch genau unter die Lupe".

Nach eingehender Prüfung schüttelten die drei Kollegen gleichmütig den Kopf. Sie hatten wieder nichts gefunden.

„Gut, linken wollt ihr uns also nicht, man weiß ja nie, wer uns in eurer Spielzeugkneipe zuhören könnte. Jetzt können wir offen reden".

„Wir haben nicht vor sie reinzulegen. Wir sind in diese Geschichte einfach so reingeschlittert und versuchen nun wieder mit den anderen Beteiligten heil rauszukommen. Was hatten sie sich nun für eine nennen wir es „Entschädigung" vorgestellt",

ließ sich Tschik schon wieder etwas mutiger vernehmen.

„Eure Gage, die 10.000 sind eigentlich Peanuts. Wir haben an einen gewissen Herrn Forderungen in Höhe von 200.000 Euro. Dann kommen noch unsere Unkosten dazu. Sagen wir, mit 300.000 sind sie dabei".

Tschik und Bobo kannten die finanzielle Situation Emmas. Aber die genannte Summe war schon ein ganz schöner Batzen.

„Nachdem wir nur die Mittler sind, werden wir ihre Forderung weitergeben, doch ich bin sicher, dass wir uns irgendwie einigen werden. Ich schlage vor, sie kommen morgen um die gleiche Zeit wieder hier her".

Bobo hatte wieder das Wort ergriffen.

„Und wer garantiert uns, dass dann nicht die Bullen auf uns warten"?

„Wenn wir das gewollt hätten, wären die heute schon hier gewesen. Doch das liegt nicht in unserem Interesse. Wir wollen mit denen genau so wenig zu tun haben wie sie".

„Gut, dann nehmen sie morgen zwischen 14.00 und 15.00 Uhr das „Geschlossen" Schild von der Tür und ein ganz normaler Gast wird eintreten. Wenn die Luft rein ist, sehen wir weiter. Einverstanden"?

Bobo und Tschik nickten. Ihre Besucher verließen den Löwenkäfig.

Q

Emma sträubte sich anfänglich bei dem mit Bobo geführten Telefonat, die geforderte Summe aufzubringen. Ihr Argument. Eigentlich war sie die Geschädigte. Fast hätte man sie umgebracht und dafür sollte sie auch noch bezahlen? Außerdem müsste man diesen Verbrecher von Neffen ordentlich bestrafen. Hier nahm das Gespräch eine Wende. Bobo führte ins Schilde, dass Emmas erste Maßnahme Max Enterbung sein müsste. Dies wäre Strafe genug. Nach einigem hin und her sagte Emma 250.000 Euro mit den Worten, irgendeinen kleinen Erfolg möchte ich auch haben, zu.

Q

Bobo und Tschik arbeiteten verbissen bei Wiener Würstchen und Bier im Löwenkäfig an einer Strategie, wie die Geldübergabe erfolgen könnte und sichergestellt wäre, dass nicht weitere Forderungen gestellt würden. Sie waren sich einig. Irgendein Faustpfand oder eine Garantie brauchten sie dafür. Aber was oder wer käme da in Frage? Bestünde gar die Möglichkeit, die Gangster aufs Kreuz zu legen?

„Weiber",

sagte plötzlich Bobo laut vor sich hin.

„Drehst wohl allmählich durch, oder was ist los mit dir"?

„Weiber",

wiederholte Bobo,

„mit denen kannst du die größten Probleme aus der Welt schaffen oder auch dir selbst machen. War seit Menschengedenken so".

„Und"?

Tschik war immer noch ganz verdattert.

„Solltest nicht so viel qualmen, damit wieder mal ein bisschen Sauerstoff an dein Hirn ran kann".

„OK, wenn du mich verarschen oder Stress haben willst, dann mach nur weiter so".

„Komm wieder runter! Was ich meine ist ganz einfach. Wenn uns die Typen morgen besuchen, machen wir einen Geldübergabetermin, der am späten Abend liegen sollte, aus.

Bei dem wird dann unsere barerfahrene Latex mit einigen dazu bestellten Damen, ich denke da an Lilly, unsere Freunde so bearbeiten, dass die den Überblick verlieren. Natürlich filmen wir die Szene und machen Sprachaufzeichnungen. Mit dem Geldkoffer tauchen wir erst auf, wenn unsere Besucher schon nicht mehr Herr ihrer eigenen Sinne sind. Wie du weißt kennt sich Elfi bestens mit KO-Tropfen aus. Wir zeigen den Gangstern den Inhalt des Koffers und händigen diesen aus. Wird natürlich alles gefilmt. Schließlich tauschen wir den Koffer gegen einen gleichen, aber ohne Geld aus, kurz bevor sie den Löwenkäfig verlassen. Was heißt verlassen. Wir schleppen sie zu ihrem Wagen und fahren sie dann in ein dunkles Kneipenviertel. Dort setzen wir sie wieder auf Fahrer und Beifahrersitz, drücken jedem noch eine halbe Flasche Wodka in die Hand, von welchem wir vorher etwas ins Wageninnere und ihre Klamotten schütten. Den leeren Geldkoffer legen wir in den Kofferraum, den wir geöffnet lassen. Klarer Fall, die sturzbetrunkenen Typen haben sich beklauen lassen. Wenn sie endlich von ihrer Truppe gefunden werden, können sie ihrem Boss erklären wo die Kohle geblieben ist".

„Sag mal, vor dir kann man richtig Angst bekommen. Aber kann das funktionieren? Die werden doch sofort glauben, dass wir dahinterstecken".

„Stimmt schon. Vielleicht sollten wir einen Teil des Geldes im ausgetauschten Koffer lassen. Nein, andersrum. Der Koffer bleibt leer, aber wir stopfen ihnen die Jackentaschen mit Geldscheinen voll. Aber uns wird schon noch einfallen wie wir dieses Ding genau drehen. War ja nur eine erste Idee".

„Trotzdem wenn deren Gang sie findet, wird ihr Boss sie sicher ausquetschen um zu erfahren was passiert ist. Natürlich fällt der Verdacht, dass wir uns die Kohle unter den Nagel gerissen haben, gleich auf uns oder die Ladies. Ist doch klar, da die Typen vor der Geldübergabe im Löwenkäfig abgefüllt wurden. Heißt unsere Gehilfinnen und wir hätten keine ruhige Minute mehr. Wir müssen deinen Plan also noch deutlich verbessern".

„Hast wohl recht. Wir haben natürlich zu unserer Sicherheit die Übergabe des Geldes gefilmt. Nur wie kriegen wir das hin"?

„Da wüsste ich was"!

Tschik klatschte sich vor Begeisterung mit den Handflächen auf seine Oberschenkel,

„Ein alter Spezi von mir, dem ich öfter seine Autos repariert habe und der mit mir auch schon in St. Adelheim auf Kur war, ist Fotograf. Hatte damals Probleme, weil er Pornofilme mit Minderjährigen gedreht hat. Der Graf, so wird er genannt, ist aber seitdem sauber und hat einen eigenen Laden in Haidhausen".

„Meinst du der macht mit"?

„Warum nicht? Ist doch nicht verboten, wenn man zur eigenen Sicherheit ein paar Kameras in seinem Laden anbringt. Ich werde ihn gleich anrufen".

Tschik war sichtlich begeistert, als er zum Telefonhörer griff. Und tatsächlich, der Graf wollte noch am gleichen Abend mit den nötigen Gerätschaften vorbeikommen.

„Das sind halt Freunde, auf die man sich verlassen kann".

„Da gebe ich dir recht. Wenn ich mir vorstelle, was ich bei meiner Witwe alles hätte anstellen müssen, um eine ähnliche

Leistung zu erhalten. Sowas klappt nur mit Leuten, die selber schon gewaltig in der Patsche saßen".

Bobo schüttelte nachdenklich seinen Kopf und sagte,

„ideal wäre, wenn anschließend die Abholer mit dem falschen Koffer auf nimmer Wiedersehen verschwänden. Dann wären wir ganz aus dem Schneider".

„Jetzt geht aber deine Fantasie mit dir durch, obwohl der Gedanke schon etwas hat".

Q

Der Graf, eigentlich Otto Sturm, rückte tatsächlich am Abend mit einer Ausrüstung an, die selbst beim CIA Bewunderung hervorgerufen hätte.

„Sowas muss ich in meinem Geschäft einfach vorhalten. Habe immer noch sehr sensible und anspruchsvolle Kunden von früher. Auch für euch tue ich alles. Einzige Bedingung: Ich habe die Anlage nicht installiert und auch nicht besorgt. Das heißt, ihr kennt mich gar nicht. Entsprechend gibt es keine Rechnung, Unterlagen oder gar Garantie. Wenn ihr damit einverstanden seid, lege ich los".

Und wie er loslegte. Der Graf montierte quasi unsichtbar eine Anzahl Kameras, die jeden Winkel des Löwenkäfigs erfassten. Auf einem Monitor im ersten Stock konnten Tschik und Bobo die Qualität der gelieferten Bilder bewundern und sich von Otto in die Bedientechnik einweisen lassen.

„Eine saubere Sache, auch wenn sie uns drei Mille kostet",

meinte Tschik und klopfte dem Graf anerkennend auf die Schulter. Der war zufrieden und versprach, bevor er sich verabschiedete, jederzeit zur Verfügung zu stehen, falls es Probleme gäbe.

Q

„Nachdem der Löwenkäfig und wir schon zweimal von den Ganoven gefilzt wurden, glaube ich, dass sie ein drittes Mal darauf verzichten werden. Außerdem sind Ottos Kameras so genial versteckt, dass wir uns darüber keine Gedanken machen sollten",

stellte Tschik am nächsten Morgen beim Frühstück fest.

„Richtig. Aber wir haben unseren Gedanken, wie wir den Gangstern bei der Geldübergabe beikommen noch nicht zu Ende gesponnen. Wir müssen einen Plan haben, durch den kein Wassertropfen geht, oder wie sagt man"?

„Wasserdicht, aber egal. Um 14.00 Uhr wollen die Typen wieder auftauchen. Wir müssen auf jeden Fall Zeit gewinnen um uns auf den Showdown vorbereiten zu können. Heute ist Mittwoch. Sagen wir, dass wir um das Geld zu beschaffen, bis nächste Woche Freitag brauchen. Wenn man uns fragt weshalb das solange dauert, sagen wir einfach, dass unser Financier derzeit im Ausland ist und für diese Transaktion vor Ort sein muss".

„Gute Idee. Bis dahin sollten wir auch alles Nötige eingefädelt haben".

Tschik und Bobo waren sich über ihr weiteres Vorgehen einig. Es fehlte nur noch die letzte, geniale Idee.

Q

„Ich muss mich mal wieder um meine Damen kümmern. Du weißt schon, besonders die ältere darf nicht auf dumme Gedanken kommen. Erna werde ich zum Abendessen einladen. Vielleicht gibt es etwas Neues von Max. Wenn du willst, können wir uns gegen 22.00 Uhr nochmal hier treffen".

„Lass mal, sind ja schließlich nicht verheiratet. Bist zwar im wahrsten Sinne des Wortes bildschön, aber nicht mein Typ. Am Abend werde ich losziehen und bei Max vorbeischauen. Vielleicht ist er wieder zu Hause aufgetaucht. Es reicht, wenn wir uns morgen hier zum Frühstück treffen. Bringe auch frische Brezen mit".

Bobo verließ mit einer drohenden Armbewegung die Kneipe.

„Hast damit wieder einmal gerade noch die Kurve gekriegt. Irgendwann….".

Q

Bevor Tschik seine Observation bei Max antrat, verständigte er noch Latex über alles was er mit Bobo ausgeheckt hatte. Bei allem wäre natürlich die Zustimmung von Emma erforderlich. Um deren Geld und Sicherheit ging es schließlich. Man kam überein, sich am besten noch in dieser Nacht am Tegernsee zu treffen um einen gemeinsamen Schlachtplan zu erarbeiten. Dies würde zwar Emmas Deckung gefährden, doch das Risiko wollten sie eingehen. Tschik verständigte umgehend telefonisch Bobo.

„Du musst mit deinen Kräften etwas haushalten, weil wir gegen 21.00 Uhr zum Tegernsee fahren".

Bobo war nicht weiter darauf eingegangen, sondern hatte nur zugesagt.

Als sie dann gemeinsam im BMW saßen, erzählten sich beide, dass sie von Max nichts gehört und gesehen hätten. Nach der Hälfte der Strecke schlug Bobo einen Spielbankbesuch in Bad Wiessee vor.

„Geht´s noch? Andere Sorgen hast du wohl nicht"?

„Falls wir verfolgt werden, ist ein Casinobesuch doch eine gute Tarnung. Wir bleiben dort nur eine halbe Stunde. Du bleibst im Auto sitzen und beobachtest die Umgebung, ich gehe rein. Wenn ich zurückkomme und dir nichts aufgefallen ist, setzen wir unseren Weg fort".

„Also los! Aber vom Gewinn bekomme ich die Hälfte",

stellte Tschik grinsend fest.

Das Casino war erreicht, Tschik machte es sich im Wagen bequem. In der Tiefgarage in welcher der Wagen parkte, fuhr zehn Minuten lang nach ihnen kein Auto ein. Nach weiteren fünf Minuten sichtete Tschik einen Neuparker mit holländischem Kennzeichen. Sich eine Zigarette ansteckend verließ er das Parkhaus und schaute sich nach Autos in der Umgebung um. Keine Auffälligkeiten. Gerade als er sich wieder in den Wagen setzte, kam auch schon Bobo zurück.

„Zehn Euro bekomme ich von dir, du wolltest doch mit der Hälfte beteiligt werden, oder"?

„Ich hab´ vom Gewinn gesprochen. Aber wie kam ich da bloß drauf? Bist halt eben doch ein Loser".

„Schau nur zu, dass du schnell losfährst, sonst gibt es vielleicht noch ein Unglück"!

Q

Es wurde eine lange Nacht am Tegernsee mit Emma und Latex. Beide waren begeistert vom Vorschlag der Männer. Wenn ihnen zum letzten Akt noch eine andere, sicherere Variante einfiele, wären sie auch mit dieser einverstanden. Weil sie den Ganoven nun die Karten auf den Tisch gelegt hatten, meinte Emma, dass sie ohne weiteres wieder in ihre Villa einziehen könnte. Wobei es ihr allerdings recht wäre, wenn ihre drei neuen Freunde vorübergehend bei ihr wohnten. Dass, so meinte sie, würde sie gegenseitig schützen. Tschik, Bobo und Latex waren einverstanden. Der Einzug in die Villa sollte allerdings erst erfolgen, wenn der Termin der Geldübergabe feststünde. Als erstes wollte Emma Max enterben und ihm dies schriftlich mitteilen. Auch eine Maßnahme zum Selbstschutz. Wer könnte sie danach noch um ihr Vermögen bringen. Folglich sollten die Gangster eigentlich an ihr jegliches Interesse verlieren. So ging man auseinander. Nach dem Termin mit den Ganoven um 14.00 Uhr, wollte man sich abschließend besprechen.

Q

Zur vereinbarten Zeit betraten am nächsten Tag zwei südländisch aussehende Männer den Löwenkäfig, die ihnen bekannt vorkamen, obwohl sie dunkle Sonnenbrillen trugen. Die nahmen sie auch im schummrigen Licht des Lokals nicht ab. Ohne jegliche Begrüßung kamen sie zur Sache. Der Kleinere von beiden übernahm die Gesprächsführung.

„Wann soll die Geldübergabe nun erfolgen"?

„Nächste Woche Freitag",

antwortete Bobo.

„Heute ist Donnerstag, das sind ja noch acht Tage. Weiß nicht, ob der Chef solange warten wird. Frag ihn mal".

Mit einer Kopfbewegung Richtung Tür veranlasste er seinen Kollegen nach draußen zu gehen. Der kam kurz darauf zurück.

„Warum erst Freitag, will er wissen".

„Weil das Geld von jemand zur Verfügung gestellt wird, der derzeit im Ausland ist".

„Wahrscheinlich die Person, die gerne Ansichtskarten schreibt".

„Kann schon sein",

räumte Bobo ein.

Wieder diese Kopfbewegung zur Tür. Auch diesmal mussten sie nicht lange auf die Rückkehr des Komplizen warten.

„Ist OK. Wir sollen nur noch Ort und Zeit der Übergabe vereinbaren".

„Wir sind ja inzwischen fast schon alte Bekannte",

meinte Bobo lässig,

„warum treffen wir uns nicht wieder hier? Sagen wir gegen 20.00 Uhr. Ihr zwei und wir zwei".

Nochmal diese mit dem Kopf zur Tür deuten und das hinaushuschen des Größeren.

„Der Chef meint, passt. Aber keine Zicken. Ich soll bestellen, Mäxchen behalten wir bis dahin im Auge, zur Sicherheit".

Der kurze Besuch war vorbei. Zufrieden schenkten sich die zwei Transportunternehmer ein Bier ein.

„So wie die zwei sprechen und aussehen, sind das Jugos. Da hätte ich vielleicht noch eine Idee",

meinte Tschik nachdenklich.

Q

War das ein Hallo als Frau Nordhoff zu Hause Erna begrüßte. Sie versprach ihr genau zu erzählen was passierte. Aber Ernas Freude wurde noch größer, als ihre Chefin die drei neuen Mitbewohner vorstellte. Sie erschrak allerdings etwas, als ihr Bobo gegenübertrat. Doch der verdrehte nur kurz seine Augen, zwinkerte ihr zu und legte unauffällig den Zeigefinger seiner rechten Hand auf seine Lippen. Da wusste Erna, dass er sich alsbald erklären würde. Man hatte sich in der Villa schnell eingewöhnt und fühlte sich wohl. Doch bis nächsten Freitag, es war nun schon Samstag, gab es noch viel zu tun. Am Montag, gleich morgens, hatte Emma einen Termin beim Notar. Wenn Max erst mal enterbt war, würde das Interesse gewisser Kreise an ihr schwinden. Zunächst verbrachte man ein gemütliches Wochenende in der Villa. Das hatten sie auch alle nötig. Einziger Störenfried war die Zahnarztwitwe, die immer wieder Bobo auf dem Handy anrief. Mit Müh und Not konnte er diese Gespräche unbemerkt von Erna führen.

Q

Am Montag nach dem Frühstück chauffierte Bobo Emma und Tschik in die Innenstadt. Das Notariat befand sich in der Sonnenstraße. Dort stiegen Bobos Fahrgäste aus. Während Emma beim Notar war, sollte Tschik zwei gleiche, kleine Koffer oder Reisetaschen erstehen. Eine Stunde später würde Bobo beide wieder an gleicher Stelle abholen. Emma stand dann auch pünktlich mit Tschik am vereinbarten Ort. Um nicht aufzufallen, hatte Tschik zwei handliche Reisetaschen erstanden, die er sich in eine große Tüte einpacken ließ. Auch beim Notar war alles wunschgemäß verlaufen. Emma hatte diesen beauftragt, Max per Einschreiben über seine Enterbung zu informieren. Damit wäre nun endgültig klar, dass über ihren Neffen keiner mehr an ihr Geld herankäme, meinte sie. Die Woche hatte also wie geplant begonnen. Nach gemeinsamem Abendessen, welches Erna hervorragend zubereitete, zog man sich mit Rücksicht auf Tschik in die Bibliothek zurück. Dort wurde dann bis spät in die Nacht, bei etlichen köstlichen Drinks, abschließend das Vorgehen für kommenden Freitag besprochen. Eine wesentliche Planänderung war auf Tschiks Mist gewachsen, wie er selbst stolz feststellte. Dazu musste er allerdings noch zwei alte Zellenkumpane, astreine Jugos wie er meinte, aktivieren. Wenn die mitmachten, müsste ihr Vorhaben absolut funktionieren. Für Mittwoch hatte Elfi telefonisch ihre Freundinnen des horizontalen Gewerbes einbestellt. Sie waren sofort dabei und wie es schien, sogar Feuer und Flamme.

Q

Mittwochabend. Erna hatte ein kleines kaltes Buffet für die Gäste im Speisezimmer aufgebaut. Genügend Getränke, jeglicher Art, standen zur Selbstbedienung auf einem Tisch bereit. Pünktlich zur vereinbarten Zeit und mit großem Hallo, trafen die Damen ein und wurden von den Anwesenden herzlich begrüßt. Die Gäste brachten sofort Leben ins Haus, das Emma in dieser Form bisher nicht kannte. Ihre Ausdrucksweise, ihr etwas gewagtes, farbenfrohes Outfit, sowie ihr völlig ungehemmtes Auftreten, ließen die Backen der

Hausherrin erglühen. Sie fragte sich in diesem Moment, ob sie in ihrem bisherigen Leben vielleicht etwas versäumte. Doch viel Zeit zum Grübeln blieb nicht, sie wurde einfach mitgenommen von dieser Art des Seins. Nach dem Abendessen und allgemeinem Kennenlernen, wurde besprochen, was man am Freitag im Löwenkäfig vorhatte. Die anwesenden Damen waren sich sicher, die zwei, von ihnen und Elfi zu erwartenden Gäste, unter ihre Kontrolle zu bringen. Dafür, so meinten sie, müssten ihre Reize noch ausreichen, sonst könnten sie ja gleich in Pension gehen. Mit KO-Tropfen ausgestattet, sollte dies überhaupt kein Problem sein. Emma entließ sie am Ende des Abends mit den Worten,

„Es hat mich gefreut sie kennenzulernen. Gehen sie davon aus, dass sie für ihren Job sehr gut entlohnt werden".

Q

Tschik war am Donnerstag nach dem Frühstück bereits unterwegs. Er hatte sich mit einem alten Bekannten verabredet, den er aus seiner Einzelzimmerzeit kannte.

„Miro, kannst dir fünf Mille für einen einfachen Job verdienen. Wenn du Ivo mitbringst, bekommst du acht. Interessiert"?

„Schon, aber worum geht es"?

„Ganz einfach, ihr haut einem betrunkenen, schlafenden Autofahrer eins über den Schädel. Das Auto parkt ihr mit ihm irgendwo in einer ruhigen Ecke, wo es nicht gleich gefunden wird. Den ebenfalls stockbesoffen wirkenden Beifahrer fahrt ihr mit einem geklauten Auto, damit man eure Spur nicht zurückverfolgen kann, zum Fernbusbahnhof an der Hackerbrücke. Dort setzt ihr ihn mit einer Reisetasche, deren Reißverschluss offen ist und in welcher sich für jeden sichtbar einige tausend Euro und eine angetrunkene Flasche Wodka befinden, um 23.00 Uhr in den Bus nach Zagreb. Sollte der Busfahrer oder irgendjemand vom Buspersonal mit dem Fahrgast nicht einverstanden sein, drückt ihr ihm einen Fuffi in die Hand und erzählt, dass es sich um einen Junggesellenabschied handelt und der Mann morgen in Zagreb heiratet. Das Ticket für die Fahrt besorgen wir. Wenn dann euer Mann mit offener Geldtasche im Bus sitzt und dieser losgefahren ist, verkrümelt ihr euch. Den gestohlenen PKW stellt ihr irgendwo ab. Ach ja, während der ganzen Aktion tragt ihr Handschuhe. Klar"?

„Einem eins über die Rübe geben, mit einem geklauten Auto durch München gondeln und dann noch einen Besinnungslosen in einem Fernbus abladen, für acht Mille ganz schön viel verlangt".

„Also gut, ich lege noch zwei drauf, dann ist aber sense".

Miro schaute Tschik mit seinen großen braunen Augen direkt mitleiderregend an.

„Vergiss nicht, wir sind zu zweit"!

„Also elf Mille und Ende Gelände".

„Wusste doch, dass du ein guter Kumpel bist".

Sein Gesprächspartner nickte und reichte ihm die Hand, um den Deal abzuschließen.

„Deine Handynummer habe ich ja. Genaue Anweisungen bekommt ihr am Freitagnachmittag. Haltet euch bereit und bleibt nüchtern, bis die Nummer gelaufen ist. Hier sind schon mal 1000 Anzahlung, damit ihr es euch nicht noch anders überlegt"!

„Danke, kannst dich auf uns 100 pro verlassen".

Q

Am Freitagvormittag wurden dann die letzten Vorbereitungen getroffen. Emma machte es anscheinend wenig aus, 280.000 Euro zur Verfügung zu stellen. In eine Reisetasche kamen 250.000, in die zweite 30.000. Tschik war schon wieder unterwegs, um wie er sagte ein geeignetes Fahrzeug zu organisieren. Er kam mit einem alten 3er BMW zurück, dem er zur Sicherheit noch geklaute Nummernschilder verpasst hatte.

„Die Zündkabel habe ich so vor dem Fahrersitz angebracht, dass den Wagen wirklich jeder Depp starten kann. Besorgt habe ich ihn auf einem Langzeitparkplatz in der Nähe des Ostbahnhofs. Stehen tut er momentan in einer kleinen Gasse hinter dem Löwenkäfig".

„Bist halt doch unser Bester",

meinte Elfi anerkennend.

Tschik schielte zu Bobo hinüber während er sagte,

„manche können´s halt mit den Weibern, mein Schicksal ist es, mich mit Autos rumzuärgern. Aber bevor ich mich tätowieren lasse, mache ich lieber mit den Autogeschichten weiter".

„Hast recht",

konterte Bobo,

„auf deine verschrumpelte Raucherhaut ließe sich kein animierendes Bild stechen. Wie sähe das wohl aus? Stellt euch mal eine runzlige 90- Jährige im Bikini vor"!

Elfi sprang wieder in die Bresche.

„Also Männer, heute haben wir doch Wichtigeres zu tun als uns zu fetzen. Klar sind wir alle ein bisschen nervös, aber bald haben wir es doch geschafft"!

„Und dann"?,

fragte Tschik etwas traurig.

„Und dann",

wiederholte er,

„was machen wir danach"?

Latex lächelte.

„Dann machen wir weiter mit unserem Geschäft. Allerdings größer und schöner. Das heißt einige neue Autos, etliche Mitarbeiter, ganz große Werbung. Ich habe darüber mit Emma schon am Tegernsee gesprochen. Die finanziert das Ganze und steigt selbst mit ein".

„Wahnsinn, dann haben wir ja doch noch eine Perspektive für die Zukunft. Allerdings in einer solchen picobello-Firma müsste unser Kettenraucher ab und zu mit seinen Zotteln zum Frisör gehen. Wegen dem Erscheinungsbild nach außen und so".

Tschik wollte auf Bobos Spruch gerade zum Gegenschlag ausholen, als Emma den Raum betrat.

„Und mit allen Vorbereitungen fertig"?

„Alles im grünen Bereich",

vermeldete Tschik.

„Gut, dann darf ich die Herrschaften nach nebenan zu Kaffee und Kuchen bitten, bevor das große Finale beginnt. Ich muss gestehen, ich bin fürchterlich aufgeregt".

Q

Es war kurz nach 19.00 Uhr. Lillys Freundinnen, Fiffi, Schnecke und Lizzy waren pünktlich im Löwenkäfig angetreten. Sie trugen ihre schärfste Arbeitskleidung. An diesen Damen mit diesem Outfit kam nicht einmal der härteste Granitstein ohne Schrammen vorbei. Zum warm up standen zwei Flaschen Champagner bereit, über welchen sich diese geballte Sexshow mit großem Hallo hermachte. Latex instruierte dabei nochmal eindringlich die Damen über ihre Aufgabe. Dabei ließ sie nebenbei einfließen, dass sie für ihre Dienste, wenn denn alles klappen sollte, ein nicht unerhebliches Honorar bekämen.

„Die zwei Typen werden glauben, dass heute Weihnachten und Ostern auf einen Tag fällt. Die bekommen es von uns so gebacken, dass sie über der Gürtellinie nicht mehr zum Denken in der Lage sind. Wenn sie dann so richtig heiß sind, stellen wir sie mit einer Ration KO-Tropfen ruhig. Danach braucht ihr nur noch eine Sackkarre oder etwas Ähnliches um sie raus zu schaffen".

Schnecke hatte die wesentlichen Punkte ihres Jobs trefflich zusammengefasst. Fiffi und Lizzy klatschten sich dabei laut lachend auf ihre bloßliegenden Oberschenkel.

„Das wird eine Gaudi",

freute sich Fiffi.

„Trotzdem vorsichtig sein, ihr habt es mit richtigen Gangstern zu tun",

warnte Elfi.

„Dann schauen wir mal wie die bewaffnet sind. Nicht wahr Mädels?",

gab nun auch noch Lizzy kichernd zum Besten.

Die Girls kriegten sich kaum noch ein. Die Stimmung ist zumindest gut, dachte sich Elfi. Hoffentlich überzogen ihre Freundinnen nicht, weil sie das Ganze zu leicht nahmen. Aber schließlich waren es Professionelle, beruhigte sie sich.

Q

Etwas nach 20.00 Uhr betraten zwei Männer den Löwenkäfig. Sie blieben im Türrahmen stehen und schauten sich verdutzt um. Das Bild, das sie wahrnahmen hatten sie so nicht erwartet. Elfi verließ ihren Platz hinter der Theke und ging auf die Beiden zu.

„Entschuldigen sie",

sagte sie mit gedämpfter Stimme,

„sie sind sicher die zwei Herren, die mit meinen Kompagnons verabredet sind. Die Geldbeschaffung hat sich etwas verzögert, aber meine Kollegen werden gleich da sein".

„So war das nicht ausgemacht",

knurrte der kleinere Ganove, während sein Kollege schon einen Blick auf die Damen riskierte,

„von einer Party war nicht die Rede".

„Schon klar. Aber meine Freundinnen besuchen mich immer an meinem Geburtstag. Wenn ihre Geschäftspartner mit dem Geld auftauchen verschwinden wir. Dann können sie den Deal in aller Ruhe abwickeln. Inzwischen lade ich sie auf einen Drink ein. Nehmen sie bitte Platz bei uns".

Der größere der Beiden machte daraufhin sofort einen Schritt Richtung Theke.

„Mann wir sollen die Kohle abholen und sonst nichts",

raunte ihm der Kleinere zu.

„Ein Drink wird uns schon nicht umhauen. Außerdem die Damen scheinen schwer in Ordnung zu sein".

„Gut, wenn du meinst".

Elfi jubelte innerlich, als sich die Zwei zwischen ihre Freundinnen klemmten. Sie hatte nicht geglaubt, dass sie die so leicht drankriegten. Die hatten schon verloren, dachte sie sich. Und Elfi lag richtig. Es dauerte keine Minute, da ruhten schon einige Damenhände auf den Oberschenkeln der Unbekannten. Solche blieben sie jedoch nicht lange. Der eine hieß Drago, der andere Ivan. Selbst der kleine Ivan konnte sich dieser Stimmung nicht entziehen. Entgegen aller Prinzipien, stieß er nach einer langen Umarmung mit Schnecke, wobei diese ihm ihre Zunge förmlich in den Mund gerammt hatte, bereits mit seinem zweiten Longdrink an und trank diesen auf Ex. Soviel Glück hatte man selten, ging es ihm dabei durch den Kopf. Sein Partner war indes schon ein Stück weiter. Wie es schien, hatte sich seine rechte Hand in Lizzys Schlüpfer verheddert. Er werkelte jedenfalls dort so herum, als ob er nie mehr herauskäme.

Gerade als Elfi den Zeitpunkt für gekommen sah, die KO-Tropfen einzusetzen, fiel wieder einmal dieser unangenehme helle Lichtstrahl, von der Eingangstür kommend, quer durch den Löwenkäfig. Im Türrahmen waren deutlich die Konturen zweier Polizisten zu erkennen, die mit einem freundlichen,

„Grüß Gott, die Herrschaften",

eintraten.

Ivan griff vor Schreck sofort unter seine Jacke zum Schulterholster und war drauf und dran seine Waffe zu ziehen. Drago dagegen hatte sich mit einer Hand so im Slip Lizzys verhakt, dass er praktisch handlungsunfähig war. Die Damen saßen stocksteif mit offenen Mündern auf ihren Hockern und wussten nicht, wie ihnen geschah. Nur Elfi hatte sich sofort wieder im Griff.

„Was kann ich für sie tun meine Herren"?

„Seit etlicher Zeit hing an ihrer Tür ein „Geschlossen" Schild. Heute war es plötzlich weg und durch ein Fenster sahen wir Licht brennen. Da wollten wir einfach mal nach dem Rechten sehen".

„Das ist aber nett von ihnen. Wir haben eigentlich immer noch geschlossen, doch heute feiere ich hier mit Freunden meinen Geburtstag. Darf ich sie auf ein Glas Champagner einladen"?

„Nein vielen Dank, wir sind im Dienst. Vielleicht ein anderes Mal. Ihnen alles Gute"!

Als die Eingangstür ins Schloss gefallen war, entspannte sich die Lage deutlich. Ivan atmete tief durch, während er hinter vorgehaltener Hand zu Latex sagte,

„dachte schon, ihr wollt uns linken. Auf den Schreck brauche ich noch einen Drink".

Drago nickte zustimmend. Elfi schaute auf ihre Armbanduhr. Gleich 21.15 Uhr. Bobo und Tschik würden jeden Moment auftauchen. Also höchste Zeit für die KOs.

„Zum Wohl sein"!

Elfi schob den zwei Ganoven die geimpften Getränke über den Tresen. Die griffen, immer noch etwas aufgewühlt, vom gerade erlebten, auch sofort zu.

Die Professionellen kannten sich mit solchen Lebenslagen aus. Vorsorglich positionierten sie sich, die Herren zärtlich streichelnd, hinter deren Hockern. Das war auch gut so. Kurz darauf konnten sie sich nur noch mit Unterstützung auf ihren Sitzen halten. Elfi griff zu ihrem Handy.

„OK",

war alles was sie sagte. Bobo und Tschik betraten die Kneipe.

„Meine Damen, gehen wir kurz rauf in meine Wohnung, die Herren haben etwas Geschäftliches zu besprechen. Nehmt den Champus und die Gläser mit".

„Schade",

meinte Lizzy beim Hinausgehen,

„der Große war gar nicht so ohne".

Q

Miro und Ivo hatten schon seit zwei Stunden auftragsgemäß das Gelände sondiert. Natürlich bekamen sie mit wo ihre Zielpersonen den Wagen parkten bevor sie den Löwenkäfig betraten. Nach kurzer Rücksprache mit Tschik und Bobo warteten sie nun nur noch auf die Übergabe der Wagenschlüssel und der zwei Typen, die sie verarzten sollten. Derweil hielt Bobo einem Ivan mit glasigen Augen eine mit Geld gefüllte Reisetasche unter die Nase.

„Alles in Ordnung",

wollte er wissen. Doch ihn glotzte nur ein Augenpaar dümmlich an.

„Dann steht ja alles zum Besten",

fuhr Bobo fort und ließ die Tasche unter dem Tresen verschwinden. Daneben stand das mit 30.000 Euro gefüllte Duplikat. Tschik griff sich die eigentliche Geldtasche, während Bobo sagte,

„Jetzt wird es wohl Zeit aufzubrechen",

wobei er Ivan die ausgetauschte Reisetasche auf seinen Schoß stellte und ermahnte,

„vergiss bloß die Kohle nicht, sonst bekommen wir noch Ärger".

Q

Der Rest lief wie geschmiert. Der Ganove Ivan wurde von Ivo in das geklaute Auto bugsiert. Seinen Kollege Drago verfrachtete man in den Wagen, mit welchem die Gangster gekommen waren. Man stopfte ihm noch einige Geldscheine in die Taschen seines Anzuges und übergoss seine Hose mit einer halben Flasche Wodka, welche dann in der Geldtasche landete. Hintereinander fuhren sie zu einer abgelegenen Stelle in der Nähe des Ostbahnhofs. Dort bekam der besinnungslose Drago einen relativ sanften Schlag mit einem Totschläger verpasst. Gerade so viel, dass dies zu einer erkennbaren Beule am Hinterkopf führte und Blut floss. Die blutbenetzte Tatwaffe ließ man dann über Ivans Hemdärmel streifen, nachdem man ihm diese, wegen der Fingerabdrücke, in die Hand legte. Danach rollte der Prügel wie zufällig unter den Beifahrersitz. Dort würde er bestimmt gefunden, von wem auch immer. Die Lage war eindeutig. Ivan hatte seinen Partner außer Gefecht gesetzt und sich dann verdünnisiert. Der im Auto schlafende Drago wurde alleine gelassen. Nun musste nur noch sein Kollege mit offener Geldtasche in den Fernbus nach Zagreb verfrachtet werden.

Q

Es war bereits 22.45 Uhr. Sie mussten sich sputen. An der Hackerbrücke angekommen, machten sie gleich den Fahrer des Busses und seinen Begleiter aus. Auf Jugoslawisch erzählte Ivo den Beiden, weshalb ihr Kollege etwas angetrunken wäre. Die Story mit der Hochzeit verfing sofort. Die Glaubhaftigkeit wurde noch deutlich verstärkt durch zwei 50 Euroscheine die ihren Besitzer wechselten. Ivo und Drago könnten sich darauf verlassen, dass der Fahrgast sicher sein Ziel erreichte. Nachdem Ivan auf der noch freien Rückbank flachgelegt worden war, fuhr der Bus ab. Natürlich hatten die beiden Betreuer die begehrlichen Blicke einiger Fahrgäste und des Buspersonals auf die offene Geldtasche registriert. Aber es war ja Sinn der Sache. Am Ende der Fahrt sollte das ganze oder ein Teil des Geldes verschwunden sein.

„Jetzt müssen wir nur noch diese geklaute Karre entsorgen, dann haben wir Feierabend",

sagte Drago zufrieden vor sich hin.

Q

Es war nach 23.00 Uhr. Latex und ihre inzwischen ganz schön angezwitscherten Gehilfinnen waren aufgrund ihrer gelungenen Aktion in Feierstimmung. Bobo und Tschik konnten sich dieser Atmosphäre nicht entziehen. Kein Wunder in dieser Umgebung.

„Mädels und auch ihr Jungs habt eure Sache gut gemacht. Nach dem Anruf von Miro, dass der Bus unterwegs ist, steht fest, dass wir gewonnen haben. Darauf sollten wir alle unser Glas erheben und trinken".

Die Anwesenden antworteten gemeinsam mit einem ausgelassenen

„Hurra"!

Just in diesem Moment klingelte das Telefon.

„Kann mir vorstellen wer da anruft. Seid ihr bitte ganz still"!

Elfi hob ab.

„Meine Mitarbeiter sind bis jetzt nicht bei mir aufgetaucht. Ich bin sehr betrübt. Was soll ich nur davon halten. Glauben sie mir, wenn sie irgendetwas gedreht haben, werden sie es schwer bereuen".

„Ich weiß nicht was sie andeuten wollen. Mein Kollege, der bei dem Treffen dabei war, steht neben mir. Ich gebe ihnen Bobo".

Der Angesprochene nahm den Hörer und meldete sich.

„Können sie mir erklären wo meine Männer bleiben"?

„Nein. Das Geschäft ist wie vereinbart abgewickelt worden. Danach haben sie uns verlassen. Mehr weiß ich nicht".

Miro vernahm am anderen Ende der Leitung ein paar tiefe Atemzüge. Dann wurde aufgelegt.

„Ich glaube wir machen für heute hier ganz schnell dicht, sonst bekommen wir noch Besuch. Darauf bin ich wirklich nicht scharf".

Nach zehn Minuten war der Löwenkäfig verwaist.

Q

Die nächsten Tage blieben sie bei Emma in Deckung. Doch es rührte sich nichts. Nach sechs Tagen erhielt schließlich die Hausherrin einen Anruf.

„Inzwischen haben wir einen meiner Mitarbeiter ausfindig gemacht. Er hat, nach längerem guten Zureden, irgendwas von einer Party geschwafelt und dass man sie betrunken gemacht hat. Er kann sich zwar an Geld erinnern, aber wo das und sein Partner geblieben ist, weiß er anscheinend nicht".

„Glauben sie vielleicht, wir würden irgendwelche Leute verschwinden lassen? Das ist doch eher ihr Metier! Die Geldübergabe hat wie vereinbart stattgefunden und ich bin um 250.000 Euro ärmer. Haben sie etwa vor noch einmal abzukassieren? Davor sollten sie sich hüten! Wir hatten eine

Vereinbarung, wir haben unseren Teil eingehalten. Wenn sie ihre Leute nicht im Griff haben, ist das ihr Problem. Zum Schluss! Lassen sie auch Max in Ruhe. Den habe ich inzwischen enterbt. Über den ist nichts mehr zu holen. Falls ich, oder meine Bekannten, weiterhin belästigt werden sollten, oder diesen etwas geschieht, werde ich umgehend die Polizei einschalten. Das verspreche ich ihnen hiermit".

Die Hausherrin legte auf. Bobo, Elfi und Tschik die zufällig dem Gespräch beiwohnten, waren beeindruckt.

„Darauf sollten wir sofort ein Glas trinken. Das mit unseren Filmaufnahmen und den Bildern die wir daraus extrahiert haben, heben wir uns als Joker auf. Für den Fall, dass alle Stränge reißen. Aber ich glaube die haben wir auch so schon im Sack".

Q

Emma behielt recht. Sie wurden nie mehr von den Gangstern bedroht oder genötigt. Elfi hatte den Löwenkäfig in ein schickes Büro für ihre Firma „Be- und Entsorgungen" umgebaut. Das Geschäft florierte. Bobo hatte Erna geheiratet, die aber weiterhin Emma den Haushalt führte. Tschik bekam öfter Besuch von Elfis Freundinnen, konnte sich aber nicht so richtig für eine entscheiden. Emma war glücklich mit ihren neuen Bekannten und den Aufgaben, die sie in der Firma übernommen hatte.

Q

Nach etwa zwei Jahren betrat ein ziemlich runtergerissener Typ den ehemaligen Löwenkäfig. Es war Mittag. Bobo, Elfi, Emma und Tschik nahmen gerade einen kleinen Imbiss zu sich.

Fragend schaute er sich in dem neugestalteten Raum um, bis sein Blick auf Elfi hängenblieb.

„Du warst das, die mir damals mein Leben versaut hat",

schrie er wutentbrannt.

„Mal langsam",

kam Bobo Elfi zu Hilfe,

„Du warst das, der sich damals besoffen hat und dann in einem Anfall von Wahnsinn mit der Kohle verschwunden ist. Wegen dir bekamen wir große Schwierigkeiten. Elfi hol mal das Bild".

Die Aufnahme, die Elfi aus einer Schreibtischschublade zog, zeigte eindeutig Ivan mit der geöffneten und gefüllten Geldtasche auf seinem Schoß. Bobo hielt ihm diese unter die Nase.

„Und jetzt Abflug, bevor ich grob werde die Bullen oder gar deinen Ex-Chef anrufe".

Von Ivan wurde nie mehr etwas gehört oder gesehen.

Ende

Geschwindigkeit, Fluch oder Segen?

Sie hatten sich wieder einmal in ihrer Stammkneipe, oder auch Bar, dem „Stehaufmännchen" zusammengefunden. Kneipe passte eher, was den Lärmpegel und die unterschiedlichen Gäste in dieser anging. Bar bezog sich mehr oder weniger auf die große Theke, die zwei Drittel des Raumes in Beschlag nahm. Sozusagen im Schatten, das heißt im Rücken der dort erhöht sitzenden Kunden, fristeten an ein paar kleinen Tischchen die restlichen Zecher ihr Dasein. Das Etablissement lief gut und war meistens voll besetzt. Deshalb lautete für Neulinge immer das erste Ziel, überhaupt einen Platz zu ergattern. Sollte ihnen das Glück hold sein, dann fanden sie sich an einem dieser kleinen Tischchen wieder. Von welchen man seinen Kopf nach oben reckend versuchte, an den Gesprächen der Upperclass, als Zaungast teilzuhaben. Das zweite, doch meist in weiter Ferne befindliche Ziel war dann, wie beim Fußball, der Wunsch nach einem raschen Aufstieg. Aber das konnte dauern. Wie bei den Ballakrobaten, musste man praktisch entdeckt werden. Zum Beispiel durch einen, allerdings behutsam vorgetragenen, aber klugen Einwurf in eine Diskussion, zu welcher die „Erhöhten" dann manchmal, durch eine nach „unten" offene Sitzhaltung, in ihr Gespräch Einlass gewährten. Auch absolut passives, zurückhaltendes Verhalten, welches zu erkennen gab, dass es sich beim Bewerber um keinen Schwätzer handelte und man mit ihm in Ruhe sein Bier trinken konnte, führte manchmal zum Erfolg. Man sprach solche Leute nicht an, sondern signalisierte mit einem kurzen Handzeichen, dass ein Barhocker probeweise zu besetzen war.

Ansgar Habicht, Berndt Steets, Michael Tektor und Fritz Mohr, hatten diese Phase des sich Hochdienens nicht nur längst hinter sich, sondern waren darüber hinaus sozusagen in die Champions League des „Stehaufmännchens" aufgestiegen, nachdem ihnen der Wirt der Bar, Olli Hanke, die besten vier Plätze zugewiesen hatte. Und nicht nur das! Diese waren sogar für sie jeden Donnerstag ab 19.00 Uhr reserviert und befanden sich am Ende des Tresens, wo dieser einen abschließenden Bogen machte und eine natürliche Nische bildete. Dort war man durch Mauern neben, hinter und der Theke vor sich, nach drei Seiten abgeschirmt.

Olli, ein ehemaliger, äußerst gutmütiger Catcher, den man zu seiner aktiven Berufssportlerzeit den Künstlernamen „Exorzist" gab, weil er immer seine Gegner, wenn auch nur zum Schein, besonders quälen musste, obwohl ihm diese Rolle gar keinen Spaß machte, hatte seine vier Stammgäste schnell in sein Herz geschlossen. Sie verschönten seine Tage hinter dem Tresen mit äußerst ansprechenden Diskussionen, die sich deutlich in der Qualität von den normalen Thekenunterhaltungen abhoben. Dabei, und das kam noch hinzu, wurde auch seine Meinung immer wieder geschätzt. Wenn er auch sonst die ganze Woche schwungvoll, mit einer kaum zu vermutenden Leichtigkeit, seinen großen, 120 kg schweren Körper an der Theke entlang bewegte, so war Donnerstag der Tag an welchem sich sein Arbeitsradius deutlich reduzierte und hauptsächlich die besagte Ecke ausfüllte. Sein spindeldürrer Gehilfe Ed war an diesem Tag zweifellos der Gekniffene, denn der musste den Rest der langen Bar zum Großteil alleine abdecken. Doch diesen von ihm betriebenen Mehraufwand, kompensierte sein Chef leicht an den anderen Wochentagen. Das wusste Ed und hielt deshalb auch eisern die Donnerstage durch. Um die Tischchen dahinter musste sich der Kneipier überhaupt nicht kümmern. Für die war Gerda, eine erfahrene ältere Bedienung zuständig, die mit ihrer mütterlichen Art, die Gäste in der Warteschleife behutsam auf „höhere" Aufgaben vorbereitete.

Wie gesagt, es war wieder Donnerstag. Ollis Eckplatzgäste saßen pünktlich vor ihren mit Rotwein gefüllten Gläsern. Einem Beaujolais, den sie alle mochten und entsprechend reichlich zusprachen. Der Wirt hatte sich wie immer zu ihnen gesellt und schnappte gerade auf, wie Mohr, der Journalist, sagte.

„Hat es bei euch auch geblitzt, als ihr die Bahnhofstraße runtergefahren seid"?

„Bist wohl zu schnell gefahren?",

grinste ihn Ansgar der Richter an, während er Olli ein Zeichen gab, ihm nachzuschenken.

„Geschwindigkeit hat eben seinen Preis",

sinnierte der Maurer Steets und fuhr fort,

„egal was du beschleunigst um einen vermeintlichen Vorteil zu erlangen, schließlich und endlich zahlst du für die erlangte Geschwindigkeitssteigerung immer drauf".

„Moment mal",

warf Mike Tektor, der Bankkaufmann ein,

„das widerspricht aber jedem ökonomischen Gesetz. Kannst du uns erklären wie du das gemeint hast"?

„Selbstredend. Nimm doch das gerade gehörte Beispiel. Jemand will schneller irgendwo sein. Er wird geblitzt, möglicherweise sogar angehalten. Sein vermeintlicher Vorteil verwandelt sich ruckzuck in einen Nachteil".

„In diesem Fall OK Berndt. Doch du hattest das vorhin so verallgemeinert als ob es sich um ein immer gültiges Naturgesetz handelt".

Steets nahm einen großen Schluck aus seinem Glas und schaute dann triumphierend in die Runde.

„So meinte ich es auch".

Fragende Blicke seiner Stammtischbrüder begegneten ihm. Olli war, mit einer Weinflasche in der Hand, interessiert noch ein Stück näher herangerückt. Aus Erfahrung wusste er, eine interessante Diskussion begann Fahrt aufzunehmen. Da durfte er nicht fehlen.

„Schaut her, vielleicht meinte Berndt etwas in dieser Art",

sagte er und fuhr fort.

„Hier ein praktisches Beispiel".

Der Wirt kippte Wein aus seiner Flasche etwas zu schnell in ein Glas. Einige Tropfen spritzten über den Glasrand und benetzten den Sockel des Glases, wie auch die Theke. Olli nahm ein Tuch und wischte damit die entstandenen Flecke ab.

„Und, kapiert?",

fragte er leicht grinsend.

Lediglich Berndt nickte bestätigend vor sich hin, während seine Stammtischbrüder sich fragend anschauten.

„Also erkläre es ihnen schon. Ein Glück, dass es in eurer Runde einen Handwerker gibt",

forderte der Wirt nun laut lachend Steets auf.

„Ganz einfach. Durch das schnelle Einschenken gewinnst du Zeit für andere Tätigkeiten. Gleichzeitig verlierst du diese wieder, weil du den Tresen putzen musst. Außerdem verschüttest du Wein, hast also auch noch einen materiellen Verlust. Nun sind natürlich die drei genannten Faktoren gegeneinander abzuwägen, doch ich bin sicher, dass die negativen überwiegen. Und dies grundsätzlich. Diese Erkenntnis lässt sich meiner Meinung nach verallgemeinern".

Fritz Mohr, der Journalist hatte mit zusammengekniffenen Augen aufmerksam zugehört.

„Das hieße doch aber im Umkehrschluss, falls es eine derartige Gesetzbarkeit gäbe, dass eine Verlangsamung der Dinge, egal welcher Art, zu vermindertem Schaden führte. Anders ausgedrückt, müsste dann zur Postkutschenzeit alles viel besser, weil langsamer, gelaufen sein".

„Da kann schon etwas dran sein",

schaltete sich nun Richter Habicht ein,

„eindeutig ist doch, dass ein Auto welches heutzutage mit 150 Stundenkilometern einen Unfall verursacht, größeren Schaden nimmt und zufügt, als früher eine Kutsche, die zum Beispiel ein Rad verlor. Aber verlassen wir doch dieses Feld der profanen Beispiele und wenden wir uns, ohne das Thema aus den Augen zu verlieren aktuellen Beispielen zu. Mir fallen dazu spontan eine ganze Menge ein. Wie schaut es mit euch aus"?

„Dann sag doch Mal",

hielt Olli die Diskussion am Laufen, während er nebenbei die halbleeren Gläser vor sich wieder vollschenkte. Der Richter nickte und fuhr fort.

„Nun gut. Überlegt doch bloß, welches Tempo inzwischen das Übertragen von Daten jeglicher Art angenommen hat. Die mobilen Netzwerke, Fernsehen, Telekommunikation, Rundfunk, PCs erreichen heute in Sekundenschnelle Millionen von Menschen. Wobei wir bei den Nutzern wären. Sind die Empfänger, die aus unterschiedlichsten Kulturkreisen stammen und häufig absolut ungebildet eigentlich geeignet um diese Daten aufzunehmen, geschweige denn richtig zu interpretieren? Die Erzeuger dieser Technologien und Verbreiter der Möglichkeiten die sich daraus ergeben, machen fette Gewinne und preisen lediglich die Vorteile, wie zum Beispiel das schnelle Bestellen eines Notarztes per Handy zu einem Unfallort, um ein Leben zu retten an. Gleichzeitig machen sich in Nordafrika Tausende von Menschen auf den unsicheren Weg über das Meer nach Europa und finden dabei häufig ein grausames Ende. Nur weil heute in jeder Hütte ein Fernsehgerät steht, das den Leuten vorgaukelt, wie gut es den Europäern geht. Oder denkt an Ägypten. Per Facebook und Twitter wurden dort Hunderttausende Menschen für eine Revolution mobilisiert, von denen viele umkamen. Die Reihe dieser Beispiele ließe sich unendlich fortsetzen, doch lassen wir es dabei. Was ich sagen wollte ist, dass ohne diese blitzschnelle Übertragung von Daten, Wörtern und Bildern wahrscheinlich die Entwicklungen den gleichen Lauf nähmen, allerdings deutlich verlangsamt. Es gäbe die Chance, dass etwas in einem Tempo wächst, mit welchem die Menschen mithalten oder aber positiv gegensteuern könnten. So wie es momentan läuft sind die meisten überfordert von dem Zeit- und Technologiesprung den sie zu bewältigen haben. Bevor eine Reaktion auf eine Aktion abgeschlossen ist, gilt es bereits auf die nächste Aktion zu reagieren. Ich meine, die Geschwindigkeit der uns erreichenden Informationen bietet häufig keine Gelegenheit eine Sache sauber zu beenden, sondern verlangt unter Umständen sofort das Gegenteil zu tun. Menschen mit unterschiedlichem Informationsstand sind deshalb bestens geeignet um Chaos zu erzeugen. Sie rennen blind in eine Zukunft von der sie keine Ahnung haben. Getrieben von Bildern, Nachrichten und Erzählungen deren Realität sie nie verifizieren konnten. Die Leidtragenden und Kostenträger dieser Fehlsteuerung von Hoffnungen sind dann die Länder, die diese, meist ungebildeten Menschen aufnehmen beziehungsweise versorgen müssen. Es sind die gleichen Hochtechnologieländer die für diesen „Fortschritt" verantwortlich sind und in Sekundenschnelle die Bilder der Länder in denen Milch und Honig wie von selbst fließt, in alle Welt hinausgetragen haben. Die Zeche dafür, die immer teurer wird, begleicht der kleine Mann auf der Straße".

„Du hast vollkommen Recht, aber verlassen wir diese armen Menschen, die wahrscheinlich in der ersten Generation Zuwanderer, die weder kulturell noch bildungsmäßig integrierbar sind, noch in den aufnehmenden Ländern glücklich werden, sondern hauptsächlich als neue Subkultur ihr Leben zu fristen haben. Wenden wir uns Mal unserer eigenen Welt zu",

mischte sich nun Tektor der Banker ein.

„da gibt es aufgrund der schnellen Datenübertragung genug Defizite. Kann mir einer von euch vielleicht erklären, wie es logisch möglich ist, dass die wichtigsten Aktiengesellschaften unseres Landes zum Beispiel an einem Börsentag zehn Prozent an Wert verlieren oder Gewinnen und dies, obwohl es dafür keinen einzigen betriebs- oder volkswirtschaftlichen Grund gibt"?

Mike schaute zufrieden in die Runde, weil seine Freunde anscheinend keine Antwort darauf wussten.

„Sogenannte Daytrader schöpfen in Sekundenschnelle den Rahm ab. Das heißt, sie kaufen und verkaufen riesige Positionen innerhalb weniger Sekunden. Ein Spiel, das dem normal sterblichen Marktteilnehmer verschlossen bleibt. Zu diesem haben nur die Profis Zugang. Ihr Vorteil ist der schnelle Zugriff auf das Marktgeschehen und die geringen Transaktionskosten. Vor Einführung des elektronischen Handels, das heißt noch vor wenigen Jahren waren kurzfristige Kursschwankungen in der genannten Größenordnung äußerst selten. Und wenn, dann tatsächlich aufgrund betriebs- bzw. volkswirtschaftlicher Daten oder gelegentlicher Gerüchte. Womit wir wieder beim Thema wären. Da wird die ganze Welt aufgrund der technischen Möglichkeiten abgekocht und die Politiker schauen zu! Eine Transaktionssteuer wurde immer wieder angeregt, um die Transaktionsflut einzudämmen und die Märkte wieder stabil und berechenbarer zu machen, doch sie wurde und wird auch bestimmt nicht so schnell eingeführt. Soviel meinerseits zu unserem Thema. Wer auch hier den Schaden und den Nutzen hat, liegt doch wohl auf der Hand. Noch etwas! Welche Börsennotierung kann heute noch als reell, oder nicht als Betrug bezeichnet werden? Denkt doch nur an das Ausspähen der Handys prominenter europäischer Politiker. Es ist doch mehr als wahrscheinlich, dass Organisationen, die an solche Daten herankommen, auch jeden Wirtschaftsboss abhören können. Der Begriff Insiderwissen ist euch ja bekannt. Man braucht keine Kriege mehr, wenn man in der Lage ist, blitzschnell sein gewonnenes Wissen in Geld und Macht umzusetzen indem man nach Belieben die Märkte rund um den Globus manipuliert. Und dies 24 Stunden lang täglich. Glaubt ihr, dass sich eine Macht wie Amerika, oder die Mächtigen dieses Landes eine solche Chance entgehen lassen? Seht dies bitte alles wieder vor dem Hintergrund Geschwindigkeit im Wandel der Zeit und was dadurch für Schaden angerichtet werden kann".

„Morgen gehe ich zu meiner Bank, verscheuere meine Aktien und löse mein Depot auf. Was du sagst ist mehr als logisch. Normalerweise müssten alle Menschen so handeln und gleichzeitig auf die Straße gehen, dann wäre mal richtig was los!",

fügte Olli zornig an.

„Zu diesen sehr wahrscheinlich kriminellen Machenschaften, passt natürlich das Verbrechertum im Allgemeinen wie die Faust aufs Auge".

Habicht nahm einen tiefen Schluck aus seinem Glas und fuhr fort,

„allein die Existenz des Handys hat eine neue Art krimineller Verhaltensweisen geschaffen. Denkt nur ans Schmiere Stehen. Heutzutage mit einem Mobilfunkgerät ein Kinderspiel. Früher nicht so einfach. Dann vor allem die Kommunikation mit Geräten die niemand zuzuordnen sind. Diese Dinger auf dem Schwarzmarkt beschafft, ermöglichen jeden nicht zurück verfolgbaren Kontakt. Wenn ihr so wollt wieder ein Negativpunkt im Rahmen unserer Diskussion".

„Die letzten Wahlen fallen mir gerade wieder ein",

meinte Fritz Mohr,

„wie man mit Blitzumfragen und Sonderaktionen bis zur letzten Minute Stimmung und somit Wahlbeeinflussung betreiben kann, habt ihr doch alle mitgekriegt. Allein die Aktion unserer größten Boulevardzeitung, einen Tag vor der Wahl jedem ein Freiexemplar des Blattes in den Briefkasten zu werfen war so etwas. Der Inhalt bezog sich ausschließlich auf die anstehende Stimmabgabe. Das Erstellen eines solchen Blattes erfordert das blitzschnelle Zusammenfügen unterschiedlichster Daten. Auch hier erzielt Geschwindigkeit ein erstaunliches Ergebnis, doch lässt sich darüber streiten, ob das Resultat positiv oder negativ ist. Dies kommt natürlich auf die Position des Betrachters an. Tatsache ist, dass versucht wird eine Wahl zu beeinflussen. Allein dies ist vor dem Hintergrund einer Stimmabgabe negativ zu bewerten. Ergo, auch hier überwiegt das Negative".

„Da fällt mir noch dieser Limburger Bischof ein",

meinte Olli, während er eine neue Weinflasche öffnete.

„Dass der Unmengen von Geld verschwendet ist eine Sache. Dass dadurch aber die Kirche in Mitleidenschaft gezogen wird, ist doch eindeutig der schnellen Datenübertragung zu verdanken. Da werden im Fernsehen tagtäglich Menschen gezeigt die aus der Kirche austreten und die Vorgänge aus ihrer Sicht kommentieren. Per Rundfunk und Zeitungen wird man fast stündlich mit diesem Thema zugeschüttet. Vor hundert Jahren wäre dieser Bischof schon vor Altersschwäche gestorben, bevor seine Verschwendungssucht jede deutsche Familie erreicht hätte. Die Kirche und der Glauben ihrer

Mitglieder wäre bei weitem nicht so in Mitleidenschaft gezogen worden. Ist doch wohl auch ein gutes Beispiel, oder"?

„Tja, wie kann man diese Entwicklung aufhalten?",

wollte nun Mohr wissen.

„Ganz einfach",

meinte Steets grinsend,

„indem man mit gutem Beispiel vorangeht. Das gilt auch für ganz kleine praktische Schritte".

„Und die wären?",

wollte der Richter wissen.

„Also gut",

Steets fasste in seine rechte Hosentasche, kramte sein Handy hervor und legte es vor sich auf die Theke.

„So ihr Weltverbesserer, jetzt packt mal eure dazu".

Zögernd tat die Runde wie ihr geraten. Schließlich lagen fünf Mobilfunkgeräte auf dem Tresen.

„Und nun?",

wollte Olli gespannt wissen.

„Ganz einfach Olli, du schmeißt diese Kommunikationsbeschleuniger in deinen Mülleimer und schon ist die Welt wieder ein kleines bisschen besser. Das haben wir doch gerade sauber miteinander herausgearbeitet. Nicht wahr"?

Berndts Mitstreiter wussten nicht ob sie einfach lachen oder lautstark protestieren sollten.

„Ohne mich",

platzte Olli in die eingetretene Stille.

„Dann kramt zum Schluss noch der dünne Ed die Dinger aus dem Müll und verscheuert sie auf dem Schwarzmarkt. Das Risiko möchte ich nicht eingehen".

„Nun lass bloß den armen Ed außen vor, der würde so was nie machen",

bohrte Steets weiter.

„Also gut, ich gebe mich geschlagen. Was haltet ihr davon, wenn ich noch ein- zwei Runden ausgebe und wir uns das ganze bis zum nächsten Donnerstag nochmal überlegen".

Olli begegneten fast gleichzeig vier Hände, die nach ihren Handys griffen und vier erleichtert dreinschauende Gesichter, die heftig nickten.

„Wusste ich es doch",

meinte der Wirt. Der Abend war gerettet.

Ende

Endlich ans Meer!

„Sie fliegen doch am Wochenende nach Kreta"?

„Ja, meine Frau und ich freuen uns schon sehr darauf. Soll sowas wie eine verspätete Hochzeitsreise werden. Wir beide waren noch nie am Meer".

„Dann wird es aber Zeit! Ich arbeitete einige Jahre als Austauschbeamter der Polizei auf Zypern. Dort habe ich intensiv griechisch gelernt".

„Super, am besten sie begleiten uns. Wenn man sich mit den Menschen vor Ort in deren Sprache unterhalten kann, lernt man Land und Leute doch noch viel besser kennen".

„Da haben sie sicher Recht. Ich würde liebend gerne mitkommen, aber wie sie wissen, die Arbeit".

„Vielleicht klappt es ja ein anderes Mal".

„Schön wär´s. Auf jeden Fall wünsche ich ihnen einen super Urlaub".

„Danke. Ich werde auch ganz bestimmt nach unserer Rückkehr darüber berichten".

Der Kriminalkommissar Sven Bartels winkte seinem freundlichen, griechisch sprechendem Kollegen, Erich Köhler, noch flüchtig zu. Dann machte er sich eiligen Schritts den Korridor hinunter, auf den Weg zu seinem Büro. Kurz vor dem Urlaub gab es immer noch viel zu tun. Er war noch keine zehn Meter gekommen, als ihn Köhlers Stimme jedoch wieder stoppte.

„Warten sie kurz!",

rief dieser ihm lachend hinterher,

„ich habe da noch einen Tipp für sie".

Bartels machte ein paar Schritte zurück, in Richtung seines Kollegen.

„Dass ich da nicht gleich daran gedacht habe"!

Köhler schlug sich mit der Handfläche vor die Stirn.

„Sie haben doch noch eine Minute Zeit, oder halte ich sie auf"?

„Nein, nein",

entgegnete Bartels lächelnd und gespannt.

„Also",

fuhr Köhler fort,

„als ich damals auf Zypern bar jeglicher griechisch Kenntnisse zu arbeiten und zu leben begann, ging ich jeden Abend in irgendeine Taverne zum Essen. Dabei bemerkte ich sehr schnell, dass die Kellner ihre Kunden unterschiedlich behandelten. Als ich dann etwas griechisch konnte, wusste ich auch warum. Das Personal steht meistens in Grüppchen herum und unterhält sich, manchmal sogar recht abfällig, über die Gäste. Dabei taxieren sie diese genau. Ungefähr so. Sollten wir dem einen Freidrink geben? Meinst du wir bekommen von ihm ein Trinkgeld? Mir ist der Kerl unsympathisch und so weiter. In dieser Phase des gelangweilten Abschätzens ihrer Kunden, müssen sie die Kellner abrupt aus ihrer lethargischen Souveränität reißen, indem sie lässig, als ob es für sie das Selbstverständlichste der Welt wäre, „echete odondoglifides, parakalo?", rufen. Sie werden feststellen, das wirkt als ob sie einen Böller abgeschossen hätten. Das so auf sie aufmerksam gewordene Personal wird zuerst erschrecken und schließlich einen Moment sprachlos verharren. Dann wird in der Regel der mutigste Kellner, möglicherweise sogar der Chef, an ihren Tisch kommen, ihnen den gewünschten Zahnstocher aushändigen und freundlich etwas in Griechisch zu ihnen sagen. Was sie natürlich nicht verstehen. Aber das glaubt er ihnen nicht. Schließlich haben sie gerade einen Zahnstocher auf Griechisch bestellt. Wörtlich: Haben sie bitte einen Zahnstocher für mich? Verstehen sie? Welcher Tourist ist in der Lage, selbst wenn er ein paar Worte der Landessprache versteht oder spricht, ausgerechnet diese Frage zu stellen? Sie haben jedenfalls für eine gewisse Konfusion gesorgt. Ihr Umfeld ist, was ihre Sprachkenntnisse anbelangt, zumindest stark verunsichert. Je nachdem wie schlecht das Gewissen des Personals über das zuvor von sich Gegebene ist, wird man sie nun mit Freidrinks, in Form von Ouzo oder Raki und so weiter, nur so zuschütten. Unabhängig davon, wie oft sie auch beteuern, dass sie nur diesen einen Satz Griechisch können. Man glaubt ihnen das einfach nicht. Falls sie später wieder einmal diese Taverne betreten, werden sie mit der größten Zuvorkommenheit bedient. Ich habe dies selbst mehrmals getestet und war dabei immer mehr oder weniger erfolgreich. Auf jeden Fall kommt dabei Freude auf! Ich schreibe ihnen noch schnell diesen Satz auf einen Zettel. Dann auswendig lernen und solange üben, bis er perfekt von ihren Lippen geht. Köhler schrieb den Spruch in sein Notizbuch, das er aus der Jackentasche gekramt hatte. Dabei wiederholte er immer wieder laut den betreffenden Satz. Schließlich stimmte Bartels mit ein, bis sein Kollege mit dessen Aussprache einverstanden schien. „Klasse, wirklich perfekt. Sie sind ein richtiges

Naturtalent. Trotzdem immer wieder üben. Hier ihr Zettel mit dem Zaubersatz. Nochmals viel Spaß im Urlaub. Bis bald"!

Q

Das Ehepaar Bartels war in bester Stimmung als es am Sonntagmittag auf dem Flughafen in Heraklion landete. Ringsherum alles etwas schmuddelig, aber das tat der guten Laune keinen Abbruch. Das Wetter war jedenfalls traumhaft, stellte Inge Bartels fest, als sie mit dem Taxi unterwegs zum Robinson Club Lyttos Beach waren. Dieser war auch bald durch die von Blumen gesäumte Landstraße erreicht. Mit einem Begrüßungscocktail in der Hand war das Einchecken rasch überstanden. Nachdem man das gemütliche Zimmer mit Meerblick bezogen und sich frisch gemacht hatte, war man bereit sich ins Clubleben zu stürzen. Was man in der Folge auch ausgiebig tat. Nach drei Tagen trat bei den Bartels aufgrund des überreichen Angebots in ihrem Hotel so etwas wie eine Übersättigung ein. Sie beschlossen deshalb am Folgetag im Club nur das Frühstück einzunehmen, um sich dann zu Fuß auf den Weg zum etwa zehn Kilometer entfernten Chersonnisos zu machen. Sie beschlossen sich Zeit zu lassen und an diesem Tag auf die Annehmlichkeiten des Clublebens zu verzichten.

Q

Nach dem späten Frühstück, gegen 11.00 Uhr, waren sie aufgebrochen. Gut gelaunt bewegten sie sich den ersten Teil des Weges durch kleine Äcker, Olivenhaine und Blumengärten. Es war Mitte Mai. Ein unbeschreiblicher Duft von unterschiedlichsten Kräutern hing in der um diese Tageszeit schon sehr warmen Luft. Das einzige Lebewesen was ihnen auf diesem Stück des Weges begegnete, war ein Esel, der auf einer Wiese angepflockt unter einem Baum stand. Doch der ließ sich selbst von ihren Zurufen nicht aus der Ruhe bringen. Schließlich machte der Pfad auf dem sie sich bewegten einen Bogen nach links. Keine zehn Minuten später hatten die Bartels die Wasserkante erreicht. Sie standen am Meer und genossen in tiefen Zügen die frische Brise die sie nun umfing. Langsamen Schrittes ging es anschließend, immer der Küste entlang, ihrem Ziel entgegen. Man konnte sich nicht verlaufen. Links das brausende Meer, rechts verschlafen wirkende Hotelanlagen. Das ging so weiter, bis zu einer felsigen Landzunge, die ein Stück ins Meer ragte. Von dort hatte man über eine Bucht einen fantastischen Blick auf Chersonissos. Eine halbe Stunde später erreichten sie auf einer Anhöhe eine Taverne, von welcher sie noch besser über das Meer auf das kleine Städtchen mit seinem Hafen blicken konnten. Nach über zwei Stunden Fußmarsch freute sich das Ehepaar, dass diese zwar einfache, aber mit einer umso besseren Aussicht ausgestattete Einkehr, sie förmlich zum Verweilen einlud. Bei einigen Gläsern Rosé und verschiedenen Häppchen, die sie sich zubereiten ließen, genossen sie in vollen Zügen, was ihnen das Leben in diesem Moment bot. Es war schon fast 16.00 Uhr als sie sich entschlossen, das letzte Stück ihres Weges in Angriff zu nehmen. Eine gute Stunde später war es geschafft. Inge und Sven flanierten auf der Uferpromenade des reizenden Örtchens, das nur so von Tavernen und Souvenirläden gespickt war. Der Trubel und die in den Restaurants angebotenen Speisen, machten die schon etwas müden Wanderer wieder munter und nun auch richtig hungrig. Es bot sich also an, in einem schönen Lokal einzukehren. Dies fanden sie, etwas abseits vom allgemeinen Touristenstrom in einer kleinen Gasse. Man stieg fünf Steinstufen hinauf in eine Art Blumengarten, der eingerahmt war von einem schmiedeeisernen Zaun, welcher von Rosen unterschiedlichster Farben bewachsen war. Ein wahres Festival für die Augen. Nur etwa zehn Tische für jeweils vier Personen fanden in dieser Idylle Platz. An einem von ihnen setzten sie sich. Lediglich an zwei weiteren Tischen hatten sich um diese Tageszeit bereits Gäste eingefunden. Einer davon war der Nachbartisch. Die Nähe der drei dort sitzenden Griechen hatte Inge bei der Platzwahl nicht gestört. Im Gegenteil, sie bestand darauf dort zu sitzen wo sie nun saßen, weil man das ganze sie umgebende Blumenmeer wunderbar im Blick hatte. Außerdem wirkten die gut gekleideten Herren neben ihnen durchaus kultiviert. Dazu wurde die ganze Szene von gedämpfter griechischer Musik angenehm untermalt.

„Herrlich", bemerkte Inge glücklich, ihre Umgebung würdigend und strahlte dabei ihren Sven an.

Die vier Kellner, die keine fünf Meter entfernt, nahe dem Eingang der Taverne herumstanden und sich unterhielten, ließen sich Zeit um sie zu bedienen. Irgendwann bemühte sich einer von ihnen an ihren Tisch und legte die Speisekarten vor, während er fragte, „English, Deutsch, Francais"?

„Deutsch",

erwiderte Bartels, während der Ober die entsprechende Seite der Speisekarte aufschlug.

„Trinken?",

„Eine große Flasche Mineralwasser und eine Flasche Rotwein. Aber trocken bitte".

Der Ober hatte sich mit der Getränkebestellung zurückgezogen, während die Bartels die Speisekarte in Augenschein nahmen.

„Lass uns doch einen großen Vorspeisenteller, dann diese Mousaka und schließlich den gegrillten Tintenfisch nehmen, was meinst du Sven?",

schlug Inge Bartels vor.

Während sie ihre Wahl trafen, schaute die Gruppe Kellner nicht besonders zurückhaltend, sondern eher irgendwie lauernd, zu ihnen herüber. Sven fiel das auf.

„Wie es mir Kollege Köhler schilderte, genauso".

„Du meinst diese Sache mit dem Zahnstocher, von der du mir erzählt hast".

„Genau! Die Nummer werde ich heute noch starten. Ich freue mich jetzt schon darauf".

Ein Kellner brachte die Getränke und nahm ihre Essenswünsche entgegen.

Q

Am Nachbartisch gerieten inzwischen die Griechen in eine heftige, etwas lautere Diskussion. Aber das störte die Bartels in ihrer Weinseligkeit nicht. Im Gegenteil. Anscheinend fasziniert von deren südländischem Temperament, schauten sie öfter belustigt zu ihnen hinüber, wobei sie durch ihr freundliches Nicken sicherlich andeuten wollten, dass sie sich nicht beeinträchtigt fühlten.

Ihr Essen wurde serviert. Sie ließen es sich schmecken, während sie weiter von den gelangweilten Kellnern beobachtet wurden. Ab und zu tuschelten diese etwas vor sich hin, lachten auch manchmal, für gutes Personal etwas zu laut, während sie zu den Deutschen herüberschauten. Ein etwas gesetzterer Mann, wahrscheinlich der Chef der Taverne, löste sich aus der Gruppe und schlurfte dem Tisch der Bartels entgegen.

„Pass auf Schatz, jetzt kommt mein Auftritt".

Sven Bartels lehnte sich gemütlich in seinem Stuhl zurück, während er sich mit einer Serviette den Mund abwischte.

„Hat schmeckt? Alles gut?",

fragte nun der Kellner leicht mürrisch, während er sich ein paar Teller auflud.

Bartels nickte und schoss gleichzeitig seinen Joker ab.

„Echete odondoglifidis, parakalo"?

Um ein Haar hätte der so Gefragte sein Geschirr fallen lassen. Gleichzeitig wurde es am Nachbartisch merklich ruhig. Schließlich hatte sich ihr Kellner wieder gefangen. Mit einem,

„Moment",

drehte er ab.

Gleich darauf sah man ihn heftig mit seinen Kollegen diskutieren. Einer der Männer des Nachbartischs war aufgestanden und hatte sich stark gestikulierend zu dieser Gruppe gesellt. Der Chef dieser, oder wer immer es war, nahm ihn am Arm und zog ihn förmlich ins Hausinnere hinein.

„Da habe ich wohl in ein Wespennest gestochen",

sagte Sven leicht amüsiert zu seiner Frau.

Ein Kellner näherte sich ihnen und sprach sie auf Griechisch an. Bartels machte kopfschüttelnd eine abwehrende Handbewegung.

„Nein, nein, ich spreche und verstehe ihre Sprache nicht"!

„Und dies"?

Dem Gast wurden mehrere Zahnstocher gereicht.

„Ach, war nur ein Spaß",

Bartels winkte lachend ab.

„Ein Raki oder Ouzo vom Haus"?

„Da sagen wir nicht nein",

stimmte Inge zu.

Plötzlich wurden mehrere Flaschen mit Hochprozentigem auf ihren Tisch gestellt, dazu Gläser, etwas Obst und ein paar Gebäckstücke folgten, während die gesamte Mannschaft um sie herumstand und fast gleichzeitig auf sie einredete. Auch die drei Herren vom Nachbartisch waren aufgestanden und verfolgten aus nächster Nähe die weitere Entwicklung.

„Sie nix Griechisch?",

fragte zum wiederholten Mal der ältere Ober.

Mindestens genauso oft hatten die Bartels inzwischen beteuert, dass dem so wäre. Allein man glaubte ihnen nicht. Welcher Ausländer konnte nur einen Satz in der Landessprache? Und dann ausgerechnet diesen? Schließlich machte man gute Miene zum bösen Spiel und fand das gerade Erlebte selbst mehr als lustig. Dabei bewirtete man die Gäste auf Kosten des Hauses mit allem was zur Verfügung stand. Dieser Stimmung konnten sich anscheinend auch nicht die Herren des Nachbartisches entziehen, die wie es aussah, gute Bekannte des Hauses zu sein schienen. Sie hatten ihren Tisch an den der Bartels geschoben und waren somit integriert in diese spontane Party. Die Musik wurde lauter gedreht, die Stimmung stieg, je mehr sich die Weinflaschen leerten.

„Siehst du",

sagte Sven mit deutlichem Zungenschlag zu seiner Inge,

„ganz genauso, wie es Köhler voraussagte".

„Fast noch schlimmer",

bestätigte diese.

Einer ihrer neuen Bekannten sprach leidlich Deutsch und noch besser Englisch. Über ihn war am Tisch eine ganz passable Unterhaltung zustande gekommen. Als man Sven fragte, was er denn von Beruf wäre und dieser durchblicken ließ, dass er Kriminalbeamter wäre, wurde es für einen Moment etwas ruhig am Tisch. Doch die Griechen hatten sich gleich wieder gefangen, scherzten, lachten und schenkten die Gläser wieder voll. Was für eine Nacht!

„Sie wohnen doch im Robinson Club. Soviel ich weiß hat der einen ganz ordentlichen Bootssteg",

fragte irgendwann einer der neuen Bekannten.

„Stimmt",

bestätigte Bartels.

„Was halten sie davon, wenn wir sie nachhause fahren. Wir haben im Hafen ein Boot liegen. Sie werden sehen, die Küste vom Meer aus betrachtet ist bei Nacht sehr romantisch. Eine Taxifahrt möchten wir ihnen nach diesem schönen Abend nicht zumuten".

„Ui, toll",

jauchzte Inge,

„wäre das nicht super"?

„Schon. Außerdem ist es gleich Mitternacht. Irgendwann müssen wir uns auf die Socken machen".

Q

Auf leicht schwankenden Beinen und vor sich hin kichernd verabschiedete man sich vom Personal der Taverne und machte sich mit den drei neuen Freunden auf den kurzen Weg zum Hafen. Dort bestiegen sie ein recht schönes Schiff, das einem Fischerboot ähnelte. Der Motor wurde angelassen und los ging es. Während sie den wirklich schönen Anblick der langsam vorbeiziehenden Küste mit all seinen blinkenden Lichtern genossen, tranken die Bartels weiter Wein, dem ihre Gastgeber etwas beimischten und reichlich anboten. Keine Viertelstunde später wurden sie richtig müde. Sie nahmen sich in die Arme und lächelten sich an, bevor ihnen die Augen zufielen.

Q

„Nun zieht ihnen schon ihre Klamotten aus und dann über Bord mit den Beiden. Eigentlich schade um sie. Im Grunde waren sie recht sympathisch. Aber warum mussten sie ausgerechnet neben uns sitzen, während wir unseren großen Drogendeal besprachen. Wäre eigentlich auch kein Problem gewesen, wenn sie nicht so gut Griechisch gesprochen hätten. Das Risiko, dass sie etwas von unseren Geschäften verstanden haben, dürfen wir einfach nicht eingehen, das ist euch doch klar. Also ab ins Wasser mit ihnen".

Inge und Sven Bartels wurden nackt über Bord geworfen und versanken im tiefschwarzen Meer.

„Die Nachtströmung wird die zwei weit aufs Meer hinaustreiben. Es wird lange dauern bis man sie findet. Dann wird man feststellen, dass wieder einmal zwei Touristen in der Nacht auf die Idee kamen schwimmen zu gehen, ohne die Strömungsverhältnisse zu kennen. Aber jetzt steuert das Land an. Dort müssen wir noch ihre Bekleidung ablegen".

Ende

Ein teuflischer Tänzer

Es war eine dieser normalen Septembernächte in der Rio Bar in Barcelona, an welche die anwesenden Stammgäste eher gelangweilt, an einem Longdrink nippend, herangingen. Sie waren tanzbegeistert. Das stand fest. Sonst wäre die Rio Bar nicht ihr zweites Zuhause geworden. Man war es sich einfach selbst schuldig dabei zu sein. Eine Art innerer Zwang. Schließlich wusste niemand, was gerade diese Nacht so mit sich brachte. Außerdem hatte man beim Betreten der Bar die drückende Schwüle hinter sich gelassen und gegen wohlklimatisierte Räume getauscht.

Gegen 23.00 Uhr waren die Räumlichkeiten der stadtbekanntesten Tanzbar bereits gut gefüllt. Man begann den Abend, das heißt Essen und Vergnügungen, in diesen südlichen Breitengraden, später als im restlichen Europa. Eine etwa 30 Meter lange, holzgetäfelte Bar, die keine Wünsche der Gäste offenließ, thronte über dem Geschehen, welches darunter von Tischen flankiert wurde. An der Stirnseite des Saales nahmen auf einer Empore die Musiker, ihre Instrumente stimmend, Platz. Unumstrittenes Zentrum war natürlich die so eingerahmte Tanzfläche. Die von einem gewaltigen Kronleuchter erhellt wurde, der gerade so viel Licht spendete, sodass im Raum darunter nur das Notwendigste zu erkennen war. Illusionen und Phantasien der Gäste blieben in weiches, schummeriges Licht verpackt erhalten und wurden nicht selten sogar gefördert.

Hier und da war aufgeregtes Kichern und gedämpfte Stimmen der Gäste zu vernehmen, die eindeutig aufgrund ihres Verhaltens zur Laufkundschaft gehörten. Sie warteten gespannt auf das für sie nicht alltägliche Vergnügen, welches der Abend noch mit sich bringen würde. Die Rio Bar bot schließlich neben dem Tanzvergnügen auch Varieté, Akrobatik, Comedians und nicht zuletzt das eine oder andere amouröse Abenteuer.

Endlich war es soweit. Hinter der Tanzkapelle öffnete sich ein Vorhang. Unter großem Applaus trat der elegant gekleidete Conférencier, seinen Zylinder lüftend, vor das Publikum. Es folgte die allabendliche Vorstellung der Band und der Hinweis darauf, dass er durch das weitere Programm führen würde. Für den Moment wünschte er gute Unterhaltung mit der Showkapelle „Los Morenos". Die anwesenden Gäste dankten ihm seine kurze Einführung mit artigem Klatschen, während die Musiker richtig loslegten.

Wie gewöhnlich waren auch in dieser Nacht die älteren Semester die ersten, die das Tanzbein schwangen. Ruhigen, gekonnten Schrittes zogen die häufig über 80 jährigen Paare ihre Bahnen. Ermutigt durch die angenehme, beschwingte Atmosphäre, schlossen sich ihnen nun auch die jüngeren Gäste an – bei weitem nicht so gekonnt, jedoch mit Schwung, Temperament und großer Begeisterung. Dieser bunte, zum Tanz animierende Mischmasch, ließ schließlich die meisten noch an ihren Tischen befindlichen, unruhig auf ihren Stühlen hin- und her rutschen. Mit Beifall der Tänzer in Richtung Kapelle endete die erste Tanzrunde. Die Musiker verneigten sich dankend für die wohl verdienten Ovationen. Selbst in diesem gut belüfteten Saal leisteten sie aufgrund der vom Zigarettenrauch geschwängerten, trockenen Luft Schwerstarbeit. Danach widmeten sie sich durstig den bereitstehenden Erfrischungsgetränken.

Während die Tänzer wieder auf ihre Tische zusteuerten war es einigen von ihnen so, als ob sie von einem leichten, warmen Lufthauch gestreift wurden. Außerdem bewegte sich der kristallene Kronleuchter über ihnen leise klirrend. Daran erinnerten sich noch Jahre später einige Gäste genau.

Jorge Limon, hatte sich mit seiner Ehefrau Carmen, schon seit Wochen auf diesen Abend gefreut. An ihrem 25. Hochzeitstag wollten sie es sich mal richtig gut gehen lassen. Ein Besuch der Rio Bar war deshalb selbstredend. Der 47 jährige Jorge saß zufrieden lächelnd neben seiner Frau an der Bar. Diesen Platz hatte man ihnen zugewiesen, bis denn ein Tischplatz in der Nähe der Tanzfläche frei würde. Einen Arm hatte er auf die Schulter seiner Begleiterin gelegt, mit dem anderen führte der stämmige Mann gerade einen Whisky on the Rocks zum Mund. Dabei konnte man die Tätowierungen auf seinen muskulösen Unterarmen bewundern. Jorge war stolz darauf, Eigentümer einer bekannten Fleischerei in Barcelona und einem Marktstand auf diesem Markt in der Mitte der Ramblas, zu sein. Gut, es war harte Arbeit, beide Geschäfte am Laufen zu halten, doch das hielt ihn auch fit. Außerdem hatte er eine fleißige Frau und prächtige Mitarbeiter. Sein Selbstbewusstsein kam nicht von ungefähr. In seiner derzeitigen Form nahm er es mit fast Jedermann auf. Jorge war nicht zimperlich wenn es um das Durchsetzen seiner Interessen ging. Dies bewies er tagtäglich in seinem Marktgeschäft. Die Konkurrenz war groß und erobertes Territorium musste man eben verteidigen. Neulich sah er sich sogar veranlasst, seinen direkten Standnachbarn mit seinen kräftigen Armen in den Schwitzkasten zu nehmen, bis dieser sich wieder beruhigt hatte, nachdem er mit einem Schlachtermesser auf Jorge losgegangen war. Auslöser, ein

Streitgespräch über die Qualität ihrer Waren. Ausgetragen vor den Augen ihrer Kundschaft, die sich köstlich amüsierte. Wusste sie doch, dass sich die zwei sonst eher gutmütigen Metzger nichts tun würden. Endlich reichten sich die Kontrahenten unter dem Applaus der Zuschauer die Hand zur Versöhnung und tranken einen alles abrundenden Brandy, an welchem auch die Stammkunden gerne partizipierten. Dabei bescheinigten sie einhellig, dass das Gerangel unentschieden ausgegangen sei.

Aber heute war dieser besondere Tag, den würde er sich nicht durch irgendetwas oder irgendjemand vermiesen lassen. Mit einem Lächeln um die Lippen prostete der schwarzgelockte Fleischer seiner Frau zu.

„Kann es sein, dass es plötzlich deutlich wärmer geworden ist",

wurde er von seiner Frau gefragt.

„Oder liegt das an meinem Alter?",

fügte sie verschmitzt hinzu.

„Du hast recht, mir ist auch plötzlich so warm ums Herz. Aber das ist wahrscheinlich normal, wenn man mit so einer schönen Frau unterwegs ist"!

Aufgrund ihres Dialoges war ihnen entgangen, dass sich zwei Barhocker hinter Jorge ein neuer Gast gesetzt hatte.

„Ich glaube, dieser warme Luftzug kommt von deiner Seite", bemerkte Carmen, sich etwas Schweiß mit einem Taschentuch von der Stirn tupfend.

„Meinst du Schatz"?

Jorge vollführte auf seinem Barhocker eine 180° Drehung. Und tatsächlich! Irgendetwas oder Irgendwer ihm gegenüber strahlte eine starke Wärme aus. Sein Blick fiel nun notgedrungen auf seinen Nachbarn. Jorge erstarrte. Eiskalte, doch irgendwie fiebrige, graue Augen fixierten ihn aus einem hageren Gesicht, welches von einem Ziegenbart und langen schwarzen Koteletten eingerahmt wurde. Ansonsten war der Mann absolut elegant gekleidet. Aus den Augenwinkeln bemerkte er wie die Kellner hinter der Bar miteinander tuschelten, zweifellos auch diesen geheimnisvollen Fremden musternd. Irgendetwas fesselte ihn an diesem Typen. Mit Gewalt riss er sich von dessen Anblick los, obwohl nichts Gutes ahnend, und wandte sich wieder seiner Frau zu.

Ein Barkeeper näherte sich ihnen.

„Darf es noch etwas sein"?

„Gerne, nochmal das Gleiche. Aber sagen sie, der Typ hinter mir wirkt etwas unheimlich. Kennen sie den"?

Der Barmann beugte sich zu ihnen über die Theke und verdeckte beim Sprechen mit der rechten Hand seinen Mund, sich gleichzeitig ängstlich umschauend.

„Ich habe mich gerade mit meinen Kollegen unterhalten. Wir meinen, der Mann wäre schon einmal vor einem guten Jahr hier gewesen. Dabei bekam er mit drei Gästen Streit. Sie verließen gemeinsam die Bar. Nach 10 Minuten kam er wieder herein – alleine. Von den drei Gästen haben wir nie wieder etwas gesehen"!

„Das hört sich ja übel an",

meinte Carmen,

„sollten wir nicht besser diese Bar verlassen"?

„Unser schöner Abend hat noch nicht einmal begonnen und du willst schon wieder gehen? Kommt gar nicht in Frage. Mit Handtüchern wie diesem werde ich, wenn es sein muss, noch immer fertig"!

Aus den Augenwinkeln beobachtete Jorge seinen Nachbarn. Der winkte gerade einen Barkeeper zu sich.

„Bringen sie mir eine Flasche Scotch Whisky"!

„Mit Wasser, Eis oder Cola?",

fragte der Kellner nach, während ihm der Schweiß nur so aus dem Gesicht tropfte.

„Pur",

bekam er zur Antwort.

Die Kellner hinter dem Tresen waren zusammengerückt und beobachteten den sonderbaren Gast obwohl die Wärme um sie herum fast unerträglich wurde.

Die Flasche Whisky wurde serviert. Ein Wasserglas voll eingeschenkt.

Der Inhalt des Glases verschwand im Schlund des Trinkers. Mit dem Zeigefinger deutete er auf sein Glas.

„Nachschenken"!

Einer der Barkeeper tat ihm den Gefallen, obwohl er sich dabei äußerst unwohl fühlte.

Auch das zweite Glas wurde auf Ex getrunken.

„Jetzt schau dir mal den an!",

Jorge konnte nicht mehr an sich halten,

„ist heiß wie ein Kachelofen und schüttet sich einen Whisky nach dem anderen rein"!

„Sei doch still",

forderte ihn seine Frau, nichts Gutes ahnend, auf. Aber es war schon zu spät.

Ihr Nachbar hatte sich ihnen zugewandt und schließlich auf den Barhocker neben Jorge gesetzt.

„Bist wohl ein ganz schlauer, der vom Leben noch nicht genug auf die Fresse bekommen hat"?

Die Wärme die der Typ neben ihm ausstrahlte wurde schier unerträglich. Trotzdem fasste Jorge seinen ganzen Mut zusammen als er sagte,

„Wenn ich so heiß wäre wie sie, würde ich mich ins Bett legen und auskurieren und nicht hier einen auf dicke Hose machen".

„So sehen sie das?",

wurde Jorge gefragt, während sein Nachbar seinen Finger in Jorges Glas steckte. Es zischte und brodelte. Die Flüssigkeit darin war verdampft. Jorges Frau war vom Barhocker aufgesprungen und zerrte am Jackett ihres Mannes.

„Wenn ich sie berührt hätte, wären sie jetzt weg, wie der Inhalt dieses Glases! Ist das klar? Ich lasse sie nur wegen ihrer hübschen Frau in Ruhe, auf die ich sofort scharf war. Aber heute habe ich noch etwas anderes vor".

„Wer in Gottes Namen sind sie"?

„Immer noch nicht kapiert? Ich bin der Teufel"!

Die Barkeeper hatten sich in den hintersten Winkel der Bar zurückgezogen und betrachteten von dort misstrauisch die Szene.

Jorge und Carmen waren förmlich erstarrt. Bar einer Bewegung verharrten sie auf ihren Plätzen und nahmen das schier Unglaubliche in sich auf.

Der Teufel hatte inzwischen eine weitere Flasche Whisky bestellt. Dem Ober raunte er dabei zu,

„Muss meine Akkus aufladen. Die brauchen dringend Treibstoff"!

Nachdem er die zweite Flasche fast ausgetrunken hatte, sein Gesicht war inzwischen feuerrot, wandte er sich Jorge und Carmen zu, die mit offenen Mündern dem allen beiwohnten und meinte,

„bleibt schön auf euren Plätzen sitzen, dann passiert euch nichts. Dies ist heute meine Abschiedsvorstellung. Es ist langweilig, auf der Welt der beste Tänzer zu sein, ohne jeden Konkurrenten. Mit den Weibern kann ich auch nichts anfangen, die verglühen regelmäßig in meinen Armen, wenn ich so richtig heiß werde. Also was soll's. Schaut genau zu, vielleicht könnt ihr euch ja noch den einen oder anderen Tanzschritt abschauen".

Der Teufel schnappte die vor ihm stehende Schnapsflasche und trank den Rest in einem Zug aus. Danach bewegte er sich mit leichtem, tänzelnden Schritt in Richtung Tanzfläche. Als er diese betrat bildeten die Tanzenden bereitwillig eine Gasse. Wahrscheinlich wegen der Hitze, die von dem Solotänzer ausging. Dieser hatte sich in der Mitte der Tanzfläche mit nach oben gereckten, leicht angewinkelten Armen positioniert, den Kopf selbstbewusst in den Nacken geworfen. Zweifellos wartete er so verharrend darauf, dass man ihm den Platz einräumte, der ihm zustünde. Dies geschah auch relativ zügig, da es den Herrschaften die ihm zu nahe kamen einfach zu heiß wurde. Es dauerte nicht lang und ihm stand die ganze Tanzfläche zur Verfügung.

Eine gespenstische Szene. Das Licht über ihm im Kronleuchter fing zu flackern an. Die herumstehenden Damen und Herren entledigten sich Ihrer Jacken, Krawatten und was man sonst entbehren konnte. Kellner und Bandmitglieder taten es ihnen gleich. Polizei war herbeigerufen worden. Doch die sah nirgends einen Grund zum Einschreiten. Vielmehr überbrückten sie an der Bar die Zeit mit Drinks die ihnen gereicht wurden.

Der Conférencier hatte die Bühne wieder betreten.

„Sehr geehrte Damen und Herren, wie sie sicher gemerkt haben, gibt es ein kleines Problem mit der Klimaanlage. Unsere Techniker kümmern sich bereits darum. Um Ihnen diese Situation etwas zu erleichtern, lädt sie die Direktion zu einem Freidrink ein. Aber nun sehe ich einen Solotänzer auf dem Parkett, der sie sicher mit seiner Darbietung erfreuen wird".

Die Gäste applaudierten höflich. Der Tänzer verbeugte sich. Danach fasste er in seine Brusttasche und entnahm dieser ein Bündel Geldscheine. Welches er dem Kapellmeister reichte.

„Jetzt legen sie mal richtig los! Mambo, wenn ich bitten darf"!

Die Band tat ihm den Gefallen. Der Teufel bewegte sich mit immer schnelleren, eleganten Bewegungen über das Parkett. Das herumstehende, nun schweißtriefende Publikum klatschte frenetisch, wie im Rausch. So etwas hatte man noch nicht gesehen. Die Musiker, angetrieben von dieser teuflischen, heißen Darbietung, spielten einen immer schnelleren Rhythmus und rissen sich dabei ihre Hemden vom Leib.

Bei genauerem Hinsehen erkannte man nun, dass die Schuhsohlen des Tänzers leicht zu qualmen begannen. Ein paar leichtsinnige, vom Teufel animierte Damen stürmten auf die Tanzfläche und wollten sich ihm förmlich an den Hals werfen. Diese wies er elegant mit den Worten,

„halten sie Abstand meine Damen, sie würden sich verbrennen",

ab. Trotzdem war es nicht zu verhindern, dass von einer Dame, die ihm zu nahe kam, ein leichter Brandgeruch ausging.

Mit einem wüsten, durch Mark und Bein gehendem,

„Olé!",

leitete der Teufel das Finale ein.

Seine schon schnellen Bewegungen wurden unter den anfeuernden Rufen der Gäste noch schneller. Eine Pirouette wurde mit solchem Tempo ausgeführt, dass vom Tänzer nichts mehr als Umrisse, wie dem eines Kreisels zu erkennen war. Der Boden geriet in Schwingungen, Tische und Stühle im Saal bewegten sich, einige Gäste strauchelten, der Kronleuchter schepperte, die Polizisten an der Bar fingerten nervös an ihren Revolvern herum.

Derweil hatte der Teufel sich seines Sakkos entledigt, welches er in die Luft schmiss, um es dann, als es auf dem Boden lag, mit einem wilden Stakkato seiner Beine zu zertrampeln. Die auf dem Parkett liegenden Fetzen fingen zu rauchen an und brannten schließlich. Ein wie es schien erleichterter Jauchzer, welcher vielleicht Zufriedenheit, Erlösung und auch eine Art Glücksgefühl ausdrückte, entfuhr den Lippen des zweifellos am Ende seiner Kräfte angelangten Tänzers.

Wie in Trance konnten die Anwesenden nun sehen, wie von den Beinen des Mannes, der ihnen diesen unvergesslichen Abend bereitet hatte, eine Art Feuersäule nach oben schoss und ihn innerhalb eines Sekundenbruchteils verglühen ließ. Was von ihm übrig blieb, war lediglich ein sengender Brandgeruch und ein Häufchen Asche.

Q

Jorge und Carmen wischten sich mit Servietten, die ihnen der Barkeeper anbot, den Schweiß aus dem Gesicht. Fassungslos hatten sie die unglaubliche Szene verfolgt. Die Feuerwehr hatte alle Fenster und Notausgänge geöffnet, um den Raum etwas abzukühlen. Ein leichter Luftzug erweckte den Fleischer und seine Frau wieder aus ihrer Starre.

„Ist das gerade wirklich passiert?",

fragte Jorge kopfschüttelnd seine Frau. Die nickte nur und zeigte mit ausgestrecktem Arm Richtung der immer noch verwaisten Tanzfläche. Eine resolute, kräftige Putzfrau mit Kehrblech, Besen und Wischtuch, war dabei die sterblichen Überreste des formidablen Tänzers zu beseitigen. Das Management hatte schnell reagiert. Man wollte kein größeres Aufsehen. Die Show musste weitergehen. Die Musiker der

Kapelle hingen erschöpft auf ihren Stühlen wie angeschlagene Boxer in den Seilen. Nur allmählich konnte die Direktion sie dazu bewegen, ihr Spiel wieder aufzunehmen. Ganz langsam füllte sich tatsächlich wieder die Tanzfläche.

„Hast du noch Lust?",

fragte Jorge seine Frau, während er Richtung Tanzfläche zeigte. Die schüttelte ihren Kopf und meinte,

„Wir haben heute wohl schon genug für unser Geld geboten bekommen. Gehen wir nach Hause und machen es uns dort gemütlich. Wer weiß, was hier heute Nacht noch alles passiert".

„Du hast Recht, solch einen Hochzeitstag erlebt man nicht oft. Könntest du dir vorstellen, dass das Ganze nur eine inszenierte Show des Hauses war. Oder ist das was wir erlebt haben tatsächlich passiert"?

„Lass uns darüber zu Hause diskutieren. Mir gruselt jedenfalls fürchterlich".

Jorge war einverstanden. Sie verließen die Rio Bar und machten sich durch die dunklen Gassen, den Ramblas, auf den Heimweg.

Q

Es war bereits weit nach Mitternacht, als die Putzfrau, welche die Tanzfläche von der Asche des verglühten Tänzers befreit hatte, mit einem Schulterzucken diese in eine Toilette schüttete und die Spülung betätigte. Ein Lächeln huschte über ihr Gesicht. Was sie hier machte war doch praktisch eine Seebestattung. Von hier aus gingen die Abwasser durch lange

Rohre direkt ins Meer. Ein ungewöhnlich lautes Glucksen und Grummeln stieg aus der Toilettenschüssel deutlich hörbar auf. So als ob man eine Unmenge von ätzenden Stoffen hinuntergespült hätte. Das Geräusch war in den meisten Wohnungen Barcelonas zu hören. Wohl eine ziemlich böse Asche dachte sich die Reinigungskraft und verließ schleunigst, als ob sie verfolgt würde, die Toilette.

In dieser Nacht mutierten in der Kanalisation Barcelonas unzählige Lebewesen, die innerhalb weniger Minuten Mannesgestalt annahmen, die Kanaldeckel zur Seite schoben und sich in den Ramblas herumtrieben. Charakteristisch für sie war, dass sie alle einen Ziegenbart trugen, scharf auf Frauen waren und übernatürliche Kräfte besaßen.

Q

Eine Lokalzeitung berichtete am nächsten Tag knapp über das Ereignis. Im Artikel wurde in alle Richtungen fabuliert, Konkretes war allerdings nicht zu erfahren. Dafür waren die Augenzeugenberichte zu unterschiedlich und teilweise nicht glaubhaft. Darüber hinaus hatte die befragte Direktion des Hauses weder bestätigt, noch dementiert, ob die Geschichte eine bestellte Attraktion gewesen wäre. Man erkannte sehr wohl, dass man aus dieser Angelegenheit Kapital schlagen konnte, wenn man die Beantwortung offen ließ.

Eine andere Sache, über die berichtet wurde, war, dass in dieser Nacht aufgrund von unerklärlichen Geräuschen in der Kanalisation Barcelonas, viele Bewohner keinen Schlaf fanden.

„Drück mich mal ganz fest",

forderte Carmen ihren Mann nach dem Frühstück auf,

„du hast doch sicher auch den Zeitungsartikel über die Rio Bar gelesen".

Der tat ihr den Gefallen und nahm sie in seine kräftigen Arme.

„Was soll man da noch sagen!",

meinte Jorge konsterniert,

„ich hoffe nur, dass uns dieser Teufel nicht eines Tages wieder über den Weg läuft".

„Das kannst du laut sagen"!

Q

Die Nacht hüllte Barcelona in ein mehr oder weniger schwarzes Tuch. Es war stockfinster. Die Stromversorgung in den Stadtvierteln war unterschiedlich. Manche Straßenzüge waren erleuchtet, in anderen saßen die Gäste bei Kerzenlicht vor den Bodegas. Ein normaler Zustand, der niemand mehr aufregte. Lediglich die Tatsache, dass in letzter Zeit immer wieder Typen mit einem Ziegenbart, so wurden sie in der Regel beschrieben, Frauen nachstellten und sehr häufig bei diesen landeten, weil sie eine starke männliche Aura hatten und hervorragende Tänzer waren, verunsicherte mehr und mehr die Bewohner Barcelonas. Eine Modeerscheinung, das mit dem Ziegenbart meinten die einen. Liebestolle Weiber, die von ihren Männern an die Kandare genommen werden sollten, die anderen. Im gleichen Maße wie die Präsenz der Ziegenbärte anstieg, häuften sich in der Stadt Eheprobleme, häusliche Gewalt und Scheidungen.

Q

An einem schönen, angenehmen Sommertag, arbeiteten der Metzger und seine Frau an ihrem Stand auf dem Markt in den Ramblas. Sie waren guter Dinge. Eine frische Brise wehte an der Columbussäule vorbei vom Meer herüber und machte so den Aufenthalt an ihrem Arbeitsplatz recht angenehm. Darüber hinaus lief das Geschäft gut. Ein perfekter Tag, wie es schien. Bis plötzlich einer dieser Ziegenbärte vor ihrer Auslage stand. Er sagte kein Wort, sondern schaute nur mit starrem, glühendem Blick Carmen an. Jorge beschlich ein unangenehmes Gefühl.

„Was wünscht der Herr?",

fragte er höflich. Doch der beachtete ihn gar nicht. Nach wie vor fixierte er Carmen. So, als ob er sie mit seinen Augen hypnotisieren wollte. Des Metzgers Frau wusste nicht wie sie reagieren sollte. Die Ereignisse aus der Rio Bar zogen blitzschnell durch ihren Kopf. Ihr Mann befreite sie aus diesem Zustand der Bewegungslosigkeit.

„Du gehst jetzt hinter ins Lager und bereitest die Bestellung für Pepe vor"!

Zögerlich begab sich seine Frau in den hinteren Teil des Ladens. Der Fremde bewegte sich nicht. Anscheinend wollte er warten bis Carmen wieder auftauchte. Jorge war das zu viel. Er griff sich ein kurzes, scharfes Schlachterbeil und ging ruhigen Schrittes auf den Ziegenbart zu.

„Wenn sie glauben, meine Frau belästigen zu können, dann haben sie die Rechnung ohne mich gemacht. Ihre Sorte Mensch ist mir wohlbekannt. Verschwinden sie sofort, sonst kann ich für nichts garantieren"!

Drohend schwang er dabei sein Hackebeil.

„Ich hatte gedacht, sie wüssten Bescheid. Aber ich habe mich wohl getäuscht".

Ruhig wandte er sich Jorges Auslage zu. In der ersten Reihe, auf einem separaten Tisch, lagen auf großen Eisklumpen, frische Doraden, die Jorge ausnahmsweise ein bekannter Fischer gerade vorbeigebracht hatte und die immer sofort verkauft waren. Einen Eiswürfel nach dem anderen berührte der Fremde mit seinem Zeigefinger. Es zischte und brodelte als diese sich in Sekundenbruchteilen in heißes Wasser verwandelten, bis schließlich die frischen Fische in einer brodelnden Wasserlache schwammen. Jorge hatte den Mund weit aufgerissen und rang nach Luft. Sein Beil hatte er vor Schreck fallen lassen. Eine erstaunte Menschenmenge begann sich um seinen Stand zu bilden.

„Letzte Warnung!",

hörte Jorge noch den Ziegenbart sagen, dann war er im allgemeinen Getümmel untergetaucht. Die dichtgedrängten Menschen um den Metzger herum bestürmten ihn nun mit Fragen, Vermutungen und Feststellungen.

„War das ein Werbetrick um Kundschaft anzulocken"?

„Womit hat der Typ so schnell das Eis schmelzen lassen"?

„Ich stand nicht weit weg. Mir ist richtig heiß geworden. Ging es ihnen auch so"?

„Wollte der was von ihrer Frau"?

„Wo ist der Kerl eigentlich geblieben"?

Auf all das wusste Jorge im Moment keine Antwort. Sein nichts Sagen führte allerdings dazu, dass die Leute um ihn herum immer aufgeregter wurden. Schließlich tauchte die Guardia Civil auf, um wieder für einen geregelten Betrieb auf dem Markt zu sorgen. Jorge wurde als Auslöser dieses Schlamassels erkannt und entsprechend befragt. Im Schlepptau der Polizei war natürlich auch ein Zeitungsreporter samt Fotograf, welcher sofort die im Wasser halb gegarten Fische aufnahm, zur Stelle. Der Metzger stand da und schwieg, man konnte nie wissen, ging es ihm durch den Kopf. Ab und zu schüttelte er seinen Kopf oder zuckte mit seinen breiten Schultern. Zum Schluss blieb es bei einem strengen Verweis durch die Ordnungshüter. Er solle sich in Zukunft solche Späße verkneifen, meinten diese.

Q

Im La Vanguardia, einer Tageszeitung, konnte man am nächsten Tag lesen, dass ein geschäftstüchtiger Fleischer mit einem Trick auf Eis liegende Doraden zum Kochen brachte. Der Zuschaueranrandrang bei diesem Ereignis wäre so groß gewesen, dass die Polizei eingreifen musste um wieder für Ordnung zu sorgen. Komischerweise stand in dem Artikel kein Wort über den Spitzbart. Von den Reportern befragte Leute wussten lediglich von einer plötzlichen unerklärlichen Wärme, ja Hitze zu berichten. Ansonsten wurde vermutet, dass Jorge hinter der Sache steckte. Der Artikel schloss mit der Feststellung, dass man mit Feuer nicht spielen sollte. Abgerundet wurde dieser noch durch eine Aufnahme der im Wasser schwimmenden Fische.

„Carmen, was sagst du dazu"?

Jorge reichte seiner Frau die Zeitung über den Frühstückstisch.

„Ich glaube, dass wir etwas unternehmen müssen, sonst haben wir nie mehr Ruhe".

Jorge nickte.

„Aber was"?

Q

In den nächsten Nächten wurden in Barcelona vermehrt Übergriffe auf Frauen verzeichnet. Obwohl die Polizei Sonderschichten fuhr, konnte sie keines Täters habhaft werden. Immer wenn sie am Tatort erschien waren die Strolche schon verschwunden. Niemand konnte sagen wohin. Die Phantombilder die man anfertigen ließ, glichen einander wie ein Ei dem anderen. Sie zeigten immer wieder ein hageres Gesicht mit stechenden Augen und einem Spitzbart. Die Ermittlungsbehörden standen vor einem großen Rätsel. Wie konnte es sein, dass in einer Nacht zur gleichen Zeit, an unterschiedlichsten Orten in Barcelona, fünf Überfälle stattfanden und die Täter immer gleich aussahen? Eineiige Fünflinge? Unmöglich! Die würde man kennen. Oder hatte man es mit hysterischen Frauen zu tun, die aufgrund der häufigen Phantombilder in der Presse, nur noch dieses Konterfei vor sich sahen? Die Überfälle waren eine Sache. Die Tanzfähigkeiten der Ziegenbärte eine andere. Biedere Hausfrauen kamen nächtelang nicht zu ihren Familien nachhause. Sie tanzten die Nächte mit ihren Angebeteten durch – und nicht nur dieses. Die Suizidrate in Barcelona stieg sprunghaft an. Gestandene Mannsbilder gingen nicht mehr zur Arbeit, sondern ergaben sich dem Suff. Alleingelassene Kinder streunten durch die Ramblas und machten diese bettelnd und stehlend unsicher. Was man von Amtswegen auch anordnete nichts verfing. Niemand hatte eine Idee wie man dem Übel beikommen konnte.

Q

Eines Tages, Jorge befand sich an seinem Marktstand, fühlte er sich irgendwie beobachtet. Und tatsächlich entdeckte er am Nachmittag drei Verkaufsstände weiter, bei Miguel dem Käsehändler, den Spitzbart. Er war sich ganz sicher, dass es dieser war. Stunden lang rührte sich die geheimnisvolle Gestalt kaum vom Fleck und lugte zweifellos in seine Richtung. Es sah aus als ob er auf jemand wartete. Auf wen wohl fragte sich der Metzger. Normalerweise wäre Jorge einfach auf diesen Menschen zugegangen und hätte ihn zur Rede gestellt, was er denn wolle. Aber in Kenntnis dessen übernatürlicher Kräfte, nahm er lieber Abstand davon. Wie Schuppen fiel es plötzlich dem Fleischer von den Augen. Wartete der vielleicht auf seine Frau? Die verkaufte heute im Fleischerladen. Am Monatsende, die Kunden hatten nicht mehr so viel Geld in der Tasche, schaffte Jorge die Arbeit auf dem Markt spielend alleine. Aber es geschah nichts Aufregendes mehr an diesem Tag und der Metzger war froh darüber.

Q

Jorge und Carmen saßen beim gemeinsamen Abendessen in ihrer relativ einfachen Altbauwohnung am Rande der Ramblas. Ihre Mühe, jeden Tag den zweiten Stock ihrer Wohnung zu Fuß zu erklimmen, wurde wieder einmal durch die fantastische Aussicht belohnt. Bei geöffneten Türen des französischen Balkons sah man über die Columbussäule auf das Meer und die dort liegenden Schiffe. Die Touristenströme erreichten ihr Stockwerk nur noch als leichtes Grummeln und störte sie schon lange nicht mehr. Carmen hatte zu einer Flasche Wein Tappas zubereitet. Jorge schnalzte mit der Zunge als diese serviert wurden.

„Pass auf mit den Pimientos de Patron",

warnte ihn Carmen lachend,

„da sollen diesmal besonders viel scharfe dabei sein"!

Doch ihre Warnung kam wohl zu spät. Jorge hatte natürlich sofort mehrere dieser köstlichen kleinen und warmen, mit Meersalz überstreuten Paprikaschoten, in den Mund geschoben und fing nun an nach Luft zu japsen, während er nach dem Weinglas griff. Carmen fing laut zu lachen an. Nachdem sich ihr Mann wieder gefangen hatte, nahm er Carmens Hände in seine und sagte,

„eigentlich haben wir gar nichts zu Lachen. Heute war wieder dieser dämliche typ in der Nähe unseres Standes und hat mich stundenlang beobachtet. Von mir will der sicher nichts, aber du weißt doch was die Zeitungen täglich berichten. Ich habe einfach Angst um dich und weiß nicht was ich machen soll. Gegen dessen Kräfte komme ich nicht an".

„Warum soll der gerade etwas von mir wollen"?

„Ich habe lange darüber nachgedacht. Das muss etwas mit dieser Nacht in der Rio Bar zu tun haben. Dieser teuflische Tänzer der vor unseren Augen verglüht ist, muss in direkter Verbindung zu unserem Marktbesucher stehen. Irgend sowas wie ein Vermächtnis. Was der eine damals nicht mehr schaffte, weil ihn seine Kräfte verließen, soll jetzt vielleicht ein Nachkomme vollenden".

„Sowas gibt es doch gar nicht".

„Anscheinend doch. Hast du heute den Appell des Alcalde im Radio mitbekommen? Der hat angekündigt, dass falls es mit diesen spitzbärtigen Verbrechern so weiterginge, er den Notstand über die Stadt verhängen müsste. Außerdem hat er dringend dazu aufgerufen, dass jedermann der in dieser Sache etwas beobachtete, sich selbstverständlich an ihn persönlich wenden könnte".

„Der muss ganz schön Angst haben. So wie du mir gerade alles erklärt hast, solltest du dich an ihn wenden. Ich glaube, dass du gar nicht so falsch liegst".

Das langgezogene dumpfe Signal eines großen Kreuzfahrtschiffes, welches gerade den Hafen verließ, drang zu ihnen herüber und wirkte in diesem Moment auf Jorge wie eine Aufforderung dem Rat seiner Frau zu folgen.

„Du hast wohl recht. Aber lass mich noch eine Nacht darüber schlafen. Nun aber ran an unsere guten Tapas. Die sollen doch nicht kalt werden"!

„Apropos Tapas. Wenn du denn morgen ins Rathaus gehst, dann nimm doch dem Alcalde eine große Chorizo mit. Seine Frau kauft mit ihrem Dienstmädchen oft bei uns auf dem Markt ein. Diese Wurst nimmt sie immer mit. Du machst ihm damit bestimmt eine Freude".

Bei diesen Worten stand Jorge auf, nahm seine Frau in die Arme und drückte sie fest an sich.

Q

Nach einem Telefonat mit dem Rathaus wurde Jorge tatsächlich für den Nachmittag ein Termin beim Bürgermeister zugesagt. Er hatte seinen besten Anzug an, als er die Fleischerei mit etwas weichen Knien verließ. Der Bürgermeister, Julio Ramirez, hatte seinen Amtssitz im Gotischen Viertel. Also nur ein Katzensprung von seinem Laden entfernt. Eine Strecke, die er zu Fuß in zehn Minuten bewältigte. Nachdem er sich zum Büro des Bürgermeisters durchgefragt hatte, wurde er mit seinem Wurstpaket unter dem Arm zwar misstrauisch vom Sicherheitspersonal beäugt, aber sofort vorgelassen.

Der Bürgermeister, ein relativ kleiner, wohlbeleibter Mann mit einem Schnauzbart und schwarzen, gewellten Haaren, war aus seinem Sessel hinter seinem Schreibtisch aufgestanden und ging mit zur Begrüßung ausgesteckter Hand, auf Jorge zu.

„Es freut mich, sie hier zu sehen. Ich habe schon viel Gutes von meiner Frau über sie gehört",

begrüßte ihn das Stadtoberhaupt, während dessen Blick, wie zufällig das Paket unter Jorges Arm streifte.

Der Fleischer bemerkte dies.

„Meine Frau lässt sie mit dieser kleinen Aufmerksamkeit grüßen. Sie kennt ihre Gemahlin als Kundin und weiß welche Wurst sie besonders schätzen".

Mit einem,

„aber das wäre doch nicht nötig gewesen",

nahm der Alcalde das Geschenk an.

„Nun nehmen sie bitte erstmal Platz. Doch was darf ich ihnen anbieten? Einen Cortado, einen kleinen Kaffee mit Brandy, oder nur Kaffe, ein Glas Wein? Nun wie stehts"?

„Ein Brandy alleine wäre mir ganz recht. Wissen sie ich bin etwas aufgeregt".

Der Bürgermeister nickte verständnisvoll und sah wie Jorges ehrfurchtsvoller Blick durch den prächtigen mit Holz getäfelten Raum glitt.

„Eine gute Wahl um diese Tageszeit, da schließe ich mich an, doch nun lassen sie mich bitte hören was sie zu berichten haben".

Der Fleischer fing etwas stockend, doch dann immer flüssiger an zu erzählen. Er begann mit ihrem Hochzeitstag in der Rio Bar und ließ nichts aus was Carmen und ihm die letzten Wochen wiederfahren und aufgefallen war. Auch die Zeitungsberichte fügte er in seine Schilderung ein. So ergab sich für den Zuhörer schließlich ein zwar unglaubliches, aber doch logisches Bild.

Der Alcalde hatte inzwischen zwei weitere Brandy, Kaffee und Gebäck von seinem Personal bringen lassen. Den Kopf schüttelnd wischte er sich mit einer Serviette Schweißtropfen von der Stirn, die sich dort vermehrt während Jorges Erzählung gebildet hatten.

„Eine Katastrophe",

sagte er schließlich und nahm einen großen Schluck aus seinem Brandyglas,

„eine wirkliche Katastrophe",

wiederholte er.

„Ihre Schilderung ist die erste plausible, die mir in dieser Angelegenheit zu Ohren kommt. Weder meine Polizei, noch der Geheimdienst hat mir bisher ähnliche Erkenntnisse geliefert. Ich bin ihnen für ihren Besuch sehr dankbar. Wissen sie, ich bin selbst Betroffener. Meiner Gattin hat auch schon zweimal ein Spitzbart nachgestellt. Sehen sie meine Offenheit als Vertrauensbeweis. Was sie mir erzählten, muss ich erstmal in mir sacken lassen und mit meinen engsten Vertrauten besprechen. Ich habe sicher noch einige Fragen an sie. Ich hoffe, ich darf wieder auf sie zukommen".

„Ich bitte darum",

antwortete Jorge,

„die Interessen der Stadt Barcelona sind auch meine".

Der Bürgermeister begleitete ihn zur Tür seines Büros und entließ ihn mit einer leichten Verbeugung.

Q

Während der Alcalde mit allen erdenkbaren Ordnungskräften und selbst kirchlichen Institutionen an einer Strategie arbeitete um den Unruhestiftern beizukommen, nahm das Leben Barcelonas, geprägt durch die Existenz der Ziegenbärte, seinen von Angst und Verunsicherung der Bevölkerung geprägten Lauf. Es verging kein Tag ohne Horrormeldungen. Entführungen, Gewalttätigkeiten, Vergewaltigungen, Körperverletzungen und Selbstmorde häuften sich. Die Menschen auf der Straße schrien in ihrer Verzweiflung förmlich nach der Staatsgewalt. Doch der schien nichts einzufallen. In seiner Not bat der Bürgermeister den Fleischer ihn noch einmal aufzusuchen. Am nächsten Tag sollte Jorge wieder vorsprechen. Er sagte prompt zu.

Q

Am selben Tag versah Carmen auf dem Markt ihre Arbeit. Ihr Mann hatte in der Fleischerei zu tun. Es war später Nachmittag, als sie einen warmen Luftzug in ihrem Nacken verspürte. Sie erstarrte einen Moment vor Schreck. Dann drehte sie sich langsam um. Keine zwei Meter entfernt stand er und sah sie mit seinem starren, fiebrigen Blick an. Carmen war keiner Bewegung fähig. Der Fremde war langsam auf sie zugekommen und stand nun unmittelbar vor ihr. Sie spürte seinen heißen Atem, während er zu sprechen begann.

„Mein Vorfahr sah damals in der Rio Bar sein Ende nahen. Er spürte, dass ihn seine Kräfte verließen. Dabei hätte er so gerne noch dich erobert. Eine Frau wie er sie sich immer wünschte. Du warst es, die ihn in dieser Nacht dazu bewegte beim Tanz seine letzte Energie einzusetzen. Er tat dies mit dieser Leidenschaft um dir zu gefallen. Dieses Vermächtnis hat er an mich weitergegeben. Und mir geht es ebenso wie ihm. Deiner Anziehungskraft kann ich mich nicht entziehen. Selbst wenn es mir wie meinem Ahn erginge und ich verglühen würde. Ohne dich gibt mein Dasein keinen Sinn. Gib dich mir freiwillig hin, oder du wirst bald Witwe sein. Überleg es dir gut! Sobald du mein bist, ist Barcelona wieder vom Teufel befreit. Ich melde mich wieder".

Carmen wusste nicht wie ihr geschehen war. Sie räumte hastig ihren Marktstand zusammen, schloss diesen und ging so schnell sie konnte nach Hause.

Q

„Du schon zu Hause?",

wurde sie von ihrem Mann in der Fleischerei begrüßt, die sich im gleichen Haus wie ihre Wohnung befand.

„War auf dem Markt nichts los, oder ist irgendetwas passiert"?

Carmen war nicht in der Lage zu reden. Sie warf sich an die Brust ihres Mannes und fing zu schluchzen an. Jorge streichelte sie beruhigend auf dem Rücken.

„So schlimm wird es schon nicht sein. Jetzt geh erst mal rauf in die Wohnung. Ich komme gleich nach".

Carmen nickte, sich mit den Hemdsärmeln die Tränen abwischend und verließ den Laden.

Lange ging in dieser Nacht im Hause Limon das Licht nicht aus. Sie fühlten sich so etwas sicherer. Mit ihren Gedanken, Gesprächen und Sorgen saß man nicht gerne im Dunklen. Zwei Flaschen guten Crianzas sorgten dann doch für etwas Entspannung und die nötige Bettschwere. Bevor sie sich niederlegten, beschlossen sie noch, den Alcalde gemeinsam zu besuchen.

Q

Sie wurden am nächsten Nachmittag freundlich vom Bürgermeister begrüßt.

„Schön, dass sie ihren Mann zu diesem unangenehmen Thema begleiten. Ich habe von ihrem Gatten schon einiges über sie gehört und freue mich sie persönlich kennenzulernen. Bevor ich es vergesse, herzlichen Dank für das ausgezeichnete Wurstpaket. Es hilft mir gerade in dieser schlimmen Zeit bei Kräften zu bleiben".

Lächelnd strich er sich dabei mit der rechten Hand über seinen rundlichen Bauch. Nach dem Austausch allgemeiner

Höflichkeiten kam man dann schnell zur Sache. Aufmerksam hörte sich der Alcalde an, was Carmen am Tag zuvor passierte.

„Schrecklich, schrecklich, was sie erleben mussten. Aber wie soll das nun weitergehen? Vor allem müssen wir sie beide schützen. Schließlich liegt ja eine Morddrohung gegen ihren Mann vor und sie selbst leben natürlich auch in ständiger Gefahr".

Der Bürgermeister zog die Stirn kraus und schien krampfhaft zu überlegen.

„Eigentlich wollte ich ihren Mann heute fragen, ob ihm noch irgendwelche Details zu diesen Teufeln eingefallen wären. Aber ihre Schilderung ist eigentlich das letzte Mosaiksteinchen das wir gesucht haben. Fehlt uns nur noch eine Idee wie wir diesem Nachkommen beikommen können. Ich fasse noch einmal zusammen. Der Teufel in der Rio Bar trinkt neben ihnen zwei Flaschen Whisky, weil seine Akkus leer sind. Gleichzeitig interessiert er sich für ihre Frau. Ihnen demonstriert er mit dem Finger in ihrem Glas wozu er fähig ist. Während er auf der Tanzfläche ist, verbreitet sich im Raum eine fürchterliche Hitze. Nachdem er verglüht ist, kehrt eine eifrige Putzfrau die Asche auf. Wir haben sie inzwischen befragt, was sie damit getan hat. In die Toilette geschüttet, erzählte sie, während es in der Kanalisation unheimlich gezischt und gebrodelt hätte. In ganz Barcelona waren in dieser Nacht laute Geräusche aus der Kanalisation zu hören. Soweit die Fakten. Wir, die Verantwortlichen für diese Stadt, nehmen nun an, dass aus der Asche in Verbindung mit Wasser, diese Spitzbärte, samt ihrem Anführer, ohne den sie anscheinend nicht existieren können, mutierten und seitdem ihr Unwesen treiben. Siehe sein Versprechen gestern auf dem Markt, dass Barcelona wieder vom Teufel befreit wäre, falls sie sich mit ihm einließen. Was natürlich nicht in Frage kommt. Aber wo hat dieses Ungeheuer seine Schwachstelle, wie können wir ihn packen und unschädlich machen? Uns muss schnell etwas einfallen. Auch in meinem Interesse. Es gibt schon Kreise, die fordern dass ich mein Amt niederlege".

Regelrecht verzweifelt war der Bürgermeister aufgestanden und ging in seinem Amtszimmer auf und ab, wobei er immer wieder vor sich hinmurmelte,

„Wo ist dessen wunder Punkt. Da muss es doch etwas geben"!

„Frauen",

sagte Carmen vor sich hin.

„Sie wollen also geopfert werden? Famose Idee! Wir wären alle sofort aus dem Schneider, bis auf sie selbst. Was halten sie davon Herr Limon"?

„Das war alles ein bisschen viel für meine Frau, sie verstehen",

und zu Carmen gewandt,

„Liebste mit so etwas macht man keine Späße. Aber Herr Bürgermeister, ich spüre, dass ich ganz nah an einer Lösung bin. Es liegt mir förmlich auf der Zunge, aber ich komme im Moment nicht drauf. Geben sie mir noch etwas Zeit".

„Zeit, soviel sie wollen. Ich bestelle einen kleinen Imbiss und etwas zu trinken. Sie setzen sich inzwischen am besten dort drüben in den Ohrensessel, in welchem schon die schlauesten Köpfe von Barcelona auf eine Inspiration warteten und konzentrieren sich".

Die Dämmerung war bereits über Barcelona hereingebrochen. Carmen und der Bürgermeister standen an einem der großen Fenster und schauten auf den Sant Jaume Platz hinunter.

„Wer weiß, wer sich da unten schon wieder alles herumtreibt",

flüsterte Carmen, um Jorge nicht zu stören. Doch der gesellte sich gerade in diesem Moment zu ihnen und sagte,

„Die Lösung ist im Grunde ganz einfach. Sie Herr Bürgermeister sprachen selbst schon davon. Nur wie setzen wir unsere Erkenntnis praktisch um"?

„Sie sprechen für mich in Rätseln",

der Alcalde sah ihn zweifelnd an, als ob er ihn für verwirrt hielt.

„Lassen sie uns bitte wieder Platz nehmen und ihren Erläuterungen zuhören".

„Die Akkus, die aufgeladen werden müssen! Erinnern sie sich"?

„Ja, schon, aber"?

„Teufel, Hölle, Hitze. Diese Spezies hat einen unheimlichen Energieverbrauch. Die Antriebskraft der Teufel besteht aus Hitze. Sie sind wie ein Kraftwerk oder ein Vulkan. Erinnerst du dich wie der Spitzbart in der Rio Bar zwei Flaschen Scotch austrank und meinte er müsse seine Akkus aufladen"?

Carmen nickte.

„Das heißt, dieser Typ muss seine Körpertemperatur immer höllisch hoch halten. Sonst ist ganz schnell der Ofen aus. Dieser muss mit jeder Menge Kalorien gespeist werden, das geht am besten mit Alkohol. Fehlt der Nachschub, muss er sich durch extreme Körperbewegung so pushen, dass ein Ausgleich im

Körper stattfindet. Der Rio Bar Tänzer hat mit Alkohol seine Temperatur hochgefahren und dann aufgrund seines Tanztempos diese noch einmal gesteigert, ob bewusst oder unbewusst. Damit hat er sich in Konsequenz selbst angezündet".

„Schön und gut",

fing wieder der Alcalde an,

„aber wie hilft uns das jetzt weiter"?

„Wir müssen ihm seine Körpertemperatur entziehen. Das heißt soweit herunterkühlen, dass er all seine Kräfte verliert. Dann hat Barcelona wieder seine Ruhe".

„Allmählich glaube ich, dass sie richtig liegen. Ich werde mich noch heute Nacht mit meinen engsten Vertrauten darüber beraten und ihnen Bescheid geben".

Q

Ein General der Armee, der Polizeipräsident, zwei Stadträte und der Bürgermeister selbst, der sogenannte kleine Krisenstab, tagten im Sitzungsraum des Rathauses seit zwei Stunden. Der Alcalde hatte genau über den letzten Stand der Dinge berichtet und bat nun um Wortmeldungen.

„Wir wären alle Probleme los, wenn diese Frau sich im Sinne des Gemeinwohls opfern würde",

meldete sich der Offizier, ein bekannter Hardliner, zu Wort.

„Über eine Entschädigung in beliebiger Höhe lässt sich doch sicher reden. Außerdem wäre im Falle des Todes der Frau ein Denkmal möglich. Was meinen sie meine Herren"?

Die Stadträte und der Polizeipräsident hüllten sich in Schweigen. Sie gaben es nicht zu, spielten aber anscheinend auch mit diesem Gedanken. Lediglich der Bürgermeister legte vehement sein Veto ein.

„Menschlich und rechtlich unhaltbar dieses Ansinnen. Hinzu kommt noch, was passiert, wenn der Teufel sein Wort nicht hält und die ganze Sache nachdem er die Frau missbraucht hat, wieder von vorne beginnt? Ich jedenfalls traue diesem Spitzbart nicht"!

„Sie haben Recht, aber wie bringen wir diesen Teufel und seine Gefolgsleute zur Strecke"?

„Wir müssen ihm mit Kälte beikommen, damit er seine Kräfte verliert. Gleichzeitig müssen wir ihn so isolieren, dass von seinen sterblichen Überresten nichts an die Öffentlichkeit gelangt. Das war doch anscheinend bei seinem Vorfahren die Krux und nun haben wir den Salat".

„Es gibt Gletscherspalten in den Pyrenäen. Wenn man ihn da hineinwerfen würde? Aber wie bringen wir ihn dahin"?

„Außerdem sollen diese Gletscher bis 2050 abschmelzen. Wer weiß, was dann passiert?",

bemerkte einer der Stadträte.

„Stimmt! Ich glaube der Schlüssel zu einer möglichen Lösung ist und bleibt diese Carmen. Verwerfen wir den Gedanken mit ihr als Opfer. Doch als Lockvogel für unsere Zwecke kommt nur sie in Frage. Nur wohin könnte sie den locken, wo es so kalt ist, dass der Typ nicht mehr auf die Beine kommt"?

„Ich glaube, ich habe da eine Idee",

meldete sich der zweite Stadtrat, von Beruf Chemiker.

Q

Was der Krisenstab in der Nacht schließlich ausarbeitete, war ein Plan, der nur unter Beteiligung der Limons funktionieren konnte. Aus diesem Grunde wurden sie am folgenden Tag schon wieder ins Rathaus einbestellt. Es wurden alle Details besprochen, die der Bürgermeister äußerst feinfühlig vortrug. Dass das Ehepaar für ihren Aufwand entschädigt und reichlich belohnt werden sollte stand außer Frage. Nach stundenlangem Für und Wider, waren die Eheleute einverstanden, obwohl sich Jorge bis zum Schluss dagegen sträubte. Ausschlaggebend war schließlich die Zusage Carmens, welche die Hauptlast des Unterfangens zu tragen hatte. Sie war der Überzeugung, dass eine Lösung gefunden werden musste. Sonst hätte sie sicher ihr Leben lang keine Ruhe mehr vor diesem Scheusal.

Carmen ging weiter ihrer Tätigkeit auf dem Markte nach. Prompt wurde sie zwei Tage später wieder von ihrem gruseligen Verehrer angesprochen.

„Ich weiß, gut Ding braucht seine Zeit, doch allmählich sollten sie sich im Interesse Barcelonas und vor allem ihres Mannes entscheiden. Wie steht es nun um uns Beide"?

Der stechende Blick des Teufels schien die Marktfrau zu durchbohren wollen. Sein heißer Atem raubte ihr fast die Sinne, als er immer näher kam und schließlich keine Handbreit vor ihr stehenblieb. Sie war nicht in der Lage zu antworten.

„Nun?",

sagte die heiße Stimme fordernd.

„Kommende Woche",

stotterte Carmen, am ganzen Körper zitternd.

„An einem Tag, den ich ihnen noch sage, wenn sie mich das nächste Mal fragen".

„Ich melde mich wieder",

hörte Carmen noch eine triumphierende Stimme sagen. Dann war der Spuk vorbei.

Q

Derweil waren in der Fleischerei der Limons fleißige Handwerker zugange. Aus dem Kühlraum wurde ein Gefrierraum gemacht. Die Umbaumaßnahmen sollten dazu führen, dass Temperaturen von minus 49 Grad Celsius erreicht wurden. Dabei sollte der Raum wie ein Wohnzimmer und nicht wie ein Kühlraum aussehen. Nach den komplizierten technischen Maßnahmen, die vor allem verhindern sollten, dass irgendetwas entweichen konnte, welches hauptsächlich durch eine zweite Wand, einem doppelten Boden und doppelte Ventile, die auf minus 80 Grad heruntergekühlt wurden, erreicht werden sollte, war nun die Inneneinrichtung dran. Ein Raum wurde gestaltet, welcher gut für ein Schäferstündchen taugte.

Q

Es war Mittwoch, als der Teufel sichtbar ungeduldig, bei Carmen auf dem Markt vorsprach.

„Sie haben mich doch nicht vergessen, meine Liebe"?

„Kommen sie am Freitagnachmittag um 14.00 Uhr in unsere Fleischerei. Hier ist die Adresse, falls sie diese nicht schon kennen",

mit zittriger Hand übergab sie einen leicht zerknüllten vorgefertigten Zettel,

„mein Mann ist an diesem Tag außer Haus. Ich hoffe dass sie danach ihr Wort halten".

Diesmal blieb dem Teufel die Spucke weg. Er hatte mit allem, nur nicht mit dieser Antwort gerechnet. Doch er fing sich gleich wieder.

„Ich hoffe sie meinen das ernst. Glauben sie nur nicht, sie können mich in irgendeiner Form drankriegen"!

Q

In den Häusern rund um die Fleischerei hatten sich Sicherheitskräfte positioniert, die alles mitbekamen, was vor Ort gesprochen wurde. Mit gleicher Aufgabe parkten einige als Lieferwagen getarnte Fahrzeuge in der Gegend. Für alle Fälle stand, keine drei Kilometer entfernt, eine Hubschrauberstaffel bereit. Eine Fregatte im nahen Hafen stand in Bereitschaft. Zweifellos ein Ziegenbart betrat um Punkt 14.00 Uhr die Metzgerei.

„Wie vereinbart",

sagte der Teufel und schaute sich auf der Türschwelle stehend misstrauisch um. Aber was sollte ihm schon passieren. War er doch unwiderstehlich und unbesiegbar. Carmen stand wie gelähmt hinter der Wursttheke.

„Bringen wir es hinter uns, bevor Jorge wieder nach Hause kommt".

Carmen hängte das „Geschlossen" Schild an die Eingangstür.

„Ein Ruheraum liegt im hinteren Teil des Hauses. Gehen wir"!

„Ich kann es kaum noch erwarten"!

Der Teufel folgte ihr mit knallrotem Kopf und heißem Atem. Carmen spürte förmlich seine Erregung. Es ging einen verwinkelten, etwas dusteren Gang entlang. Plötzlich schlug eine Tür.

„Meine Güte!",

rief Carmen entsetzt,

„das wird doch nicht mein Mann sein".

Links von ihnen stand eine Tür offen. Ein Wohnraum, wie es schien.

„Schnell hier rein!",

schrie Carmen panisch und schob dabei den Teufel in den Raum. Im gleichen Moment drückte sie auf einen Knopf im Türrahmen. Binnen eines Sekundenbruchteils schloss sich die Tür hydraulisch.

„Wenn die Luft rein ist, komme ich wieder!",

schrie die Fleischerin dem Gefangenen hysterisch hinterher.

Q

Es war ein Krachen, Lärmen, und Rumoren ungeheuerlichen Ausmaßes, als der Teufel merkte, dass er in eine Falle getappt war. Man hörte dies im ganzen Viertel. Die Anwohner mussten mit Lautsprecheransagen, dass es sich lediglich um ein technisches Problem handelte, beruhigt werden. Nachdem der Missetäter das ganze Inventar zerlegt hatte, bearbeitete er mit Möbelteilen die Wände. Dabei stellte er fest, dass es im Raum immer kälter wurde. In seinem Leben als Leibhaftiger war er bisher ausschließlich obenauf. So etwas wie Angst gab es für ihn nicht. Doch in diesem Moment beschlich ihn ein Gefühl, welches er bis dahin nicht kannte. Verzweifelt untersuchte er jeden Winkel des Raumes. Aber die Techniker hatten ganze Arbeit geleistet. Je kälter es wurde umso mehr verließen ihn seine Kräfte. Er war jetzt nicht einmal mehr in der Lage, mit dem Feuer das in ihm glühte, sich selbst zu entzünden und damit als irgendein Kleinstteilchen wieder an die Außenwelt zu gelangen. Alles wegen dieses Weibes dachte er sich und setzte sich resigniert in eine Ecke des Raumes.

Q

Das ganze Gebäude wurde ab dem nächsten Tag mit Beton gefüllt. Nur die Fassade blieb im Original erhalten. Man folgte irgendwie dem Vorbild von Tschernobyl. Ein Risiko durfte man nicht eingehen. Den Anwohnern erzählte man, dass aufgrund der gestrigen Erschütterungen, die seismischem Ursprungs waren, das Haus irreparabel wurde. Die getroffene Maßnahme sollte die gesamte Häuserzeile in sich stützen.

„Was da drin ist, kann mit jedem radioaktiv verseuchtem Material mithalten",

sagte der Bürgermeister bei einer Ortsbesichtigung zu seinen engsten Vertrauten.

Tatsächlich waren ab diesem Tage keine Spitzbärte mehr in Barcelona unterwegs.

Carmen und Jorge wurden von der Stadt Barcelona mit hohen Auszeichnungen geehrt, ohne dass man dies an die große Glocke hing.

Die zwei Eheleute Limon betreiben noch heute ihren Marktstand und eine Metzgerei in einem schönen Haus, ebenfalls in den Ramblas.

Ende

In eigener Sache: sämtliche Personen und Handlungen sind frei erfunden. Eventuelle Ähnlichkeiten mit lebenden Personen und Orten sind rein zufällig.

17.10.2012 **Eine himmlische Geschichte** 128 Seiten

Ein Mädchen sieht vor ihrem Fenster im dritten Stock einen Jungen mit dem Fahrrad vorbeifahren. Aus Traumbildern wird Wirklichkeit. Eine reizende Geschichte nicht nur für Kinder.

Paperback 7,90 €   E-book 4,99

ISBN 978-3-8482-0988-0

14.01.2014 **Huber** 128 Seiten

Ein Gebäudereiniger und späterer Hendlbrater steigt zum Bundeskanzler auf. Eine absolut lesenswerte und immer aktuelle Politsatire.

Paperback 8,90 €   E-book 6,99

ISBN 978-3-7322-9489-3

10.12.2014 **Der Provokateur** 268 Seiten

Ein Fernsehmoderator soll, nachdem man ihn vergewaltigt hat, von einer mächtigen Gruppe manipuliert werden. Ein Krimi Noir, der nichts für Kinder oder schwache Gemüter ist.

Paperback 16,90 €   E-book 9,99 €

ISBN 978-3-7357-6085

Im bod-Verlag vom gleichen Autor bereits erschienen:

30.08.2012   **Achtung Ferien**   236 Seiten

Ein richtiger Junge reist in den Ferien seinem Vater nach Gran Canaria nach und erlebt dabei ungeahnte Abenteuer.

Paperback 14,90 €   E-book 11,99 €

ISBN 978-3-8482-1398-6

01.10.2012   **Was ist schon eine Woche**   156 Seiten

Ein Verlagslektor liebt und lebt seinen Beruf. Bis er eines Tages auf der Suche nach einem neuen Bestseller zusammenbricht.

Paperback 9,90 €   E-book 4,99

ISBN 978-3-8482-1605-5